婚約破棄系悪役令嬢に転生したので、保身に走りました。1

灯乃

Tohno

レジーナ文庫

登場人物紹介
マリア
クリステルが転生した
少女漫画世界のヒロイン。
天真爛漫な男爵令嬢。
ウォルター
クリステルの婚約者で
スティルナ王国の王太子。
強大な魔力を持つ。
一見穏やかだが、
実際は激情家で
キレると怖い。
クリステル
とある少女漫画世界の
悪役令嬢に転生した
元女子高生。
漫画のヒロインに婚約者を
奪われるはずだった
のだけれど——?

ハワード

ウォルターの側近候補。背が高くて手足が長い。情報収集が得意。

ロイ

ウォルターの側近候補。可愛い顔をしているが、意外と毒舌。

カークライル

ウォルターの側近候補筆頭。ときおり、主に対する遠慮がなくなる。

ネイト

ウォルターの側近候補。武門貴族の出身で豪胆（ごうたん）な性格。

目次

婚約破棄系悪役令嬢に転生したので、保身に走りました。1　7

番外編
ヴァンパイアvs一角獣？　303

書き下ろし番外編
そのままのきみでいて　337

婚約破棄系悪役令嬢に転生したので、保身に走りました。1

プロローグ　親不孝な女子高生でした

「──クリステル？　久しぶりだね」

剣と魔法の国スティルナ王国にある魔導学園。その食堂で、ひとりの少女が金髪碧眼の王子さまに話しかけられた。

少女はギーヴェ公爵令嬢、クリステル。

緩やかに波打つ華やかなチェリーブロンドの髪に、最高級の宝玉もかくやと輝くエメラルドグリーンの瞳。十七歳という年齢らしからぬパーフェクトなプロポーションに泣きぼくろが色っぽい、妖艶な雰囲気を持つ超絶美少女である。

幼い頃から社交界の華と呼ばれ、崇拝者は数知れず。貴族の子女が多く通うこの学園でも、クリステルに憧れる者は多勢いた。

そして金髪碧眼の王子さまは、この国の王太子であり、彼女の婚約者である。

しかしクリステルは、この先とある少女に婚約者を奪われる、少女漫画の当て馬キャラなのだ。

もちろん、彼女はつい先日までそんなことを意識したことなどなかった。

それは、魔力持ちの人間が十五歳になると、必ず入学させられる魔導学園——この全寮制の学園に通いはじめて丸二年が経った春のこと。『貧乏だけどがんばりやさんな、庶民派男爵令嬢』であるマリアが入学してきたのだ。

そして彼女の姿を見た瞬間、頭に浮かんだ記憶。

——ようやく受験戦争が終わったぜヒャッハー！　ずっと封印していた漫画もアニメもゲームも、思う存分堪能してやらぁあああーっっ!!

そう叫ぶ、自分の姿だ。

いや、正確に言うと、それは前世のクリステルの姿のようだった。

彼女は、大学の合格発表の帰り道、完全に浮かれまくり、スキップしながら書店とゲームショップを巡っていた。ずっと我慢していた漫画とゲームを買い漁り、それらを堪能。最後に、ツッコミどころ満載、懐かしの少女漫画を徹夜で読破。

その少女漫画は、魔法を使える生徒が集まる、ヨーロッパ風の学園を舞台にしたものだ。

ストーリーは、身分の低い男爵令嬢が周囲のイジメに耐えながら次々に現れるイケメンたちを最終的には味方につけ、その国の王子に愛されるというもの。小学生の頃に完結し、当時は純粋に『面白い……！』と感動した記憶がある。

それをもう一度読みたくなって買ってきたのだ。けれど、思春期を越えてから読むと『うっひゃー、こんなことやっちゃう!? マジでやっちゃう!? ちょーウケるー！』と主人公の非常識な行動に、ツッコミを入れずにはいられなかった。そんな自分に、大人への第一歩を踏み出しつつあるのだなぁと、しみじみ感じ入ったものだ。

そうして自堕落に楽しく過ごして、三日ほど経った頃だろうか。

外の空気を吸いがてらコンビニに出かけたところ、連日の寝不足がたたって貧血を起こし転倒。道路の縁石に頭を打ってそのまま死亡した。

前世の自分は、そんな非常に親不孝な女子高校生だったのである。

なぜ前世の記憶が蘇ったのか。それは、クリステルが前世で死ぬ間際まで読んでいた少女漫画の主人公『マリア』と、新入生の『マリア』がそっくりだったからだ。

そして、ここがあの漫画通りの世界ならば、クリステルはヒロインをいじめる『悪役令嬢』、クリステル・ギーヴェに転生したことになる。

それに気がついたとき、クリステルは思った。

どうせなら、血湧き肉躍る少年漫画か、壮大な冒険が待っているロールプレイングゲームの世界に転生したかった——と。

その少女漫画は、矛盾だらけの設定を楽しむのにはいいが、まったくクリステルの趣味ではなかったのだ。

記憶が蘇ったあと、クリステルは三日ほど学園の寮の自室でしくしくと泣きながら寝込んだ。

かつての自分が胸ときめかせた少年漫画の続きも、ゲームの新作も、血湧き肉躍るアニメのブルーレイディスクも、決して手に入れることは叶わない。ネタや萌えをネットを通して共有する同志もいない。お絵かきサイトで、美麗なファンイラストを見て「尊い……！」と悶絶することもできないのだ。

……死ぬ直前の行動が行動だったからなのか、かなり偏った記憶と未練ばかりが蘇ってしまった。

しかし、三日間泣き続ければ、さすがに落ち着きもする。

改めて考えてみれば、今こうして前世を思い出したのは、とても幸運なことかもしれない。

婚約者であるスティルナ王国の王太子ウォルター・アールマティとクリステルは、今のところ非常に良好な関係だ。よっぽどのことがなければ、漫画の中でクリステルが辿ったような悲惨な末路を迎えるとは思えない。

それに、普通に考えれば、なんの王妃教育も受けていない男爵令嬢が王太子の正妃になることなど、ありえない。

だが、恋とは人に理性的な判断を失わせるものだと聞く。

そのうえ、記憶にある漫画の中には『ご都合主義』という、すべての矛盾をなかったことにできる最強魔法があった。

物語が進むにつれてその魔法があちこちで発動し、『悪役令嬢』であるクリステルはウォルターに見限られ――

そこまで考えて、クリステルは、ベッドに横たえていた体を勢いよく起こした。

（……だから、まずそこがありえないのよ！　ウォルターさまが無事に王太子になったのは、わたしと婚約することで、実質ギーヴェ公爵家が後見しているからだもの！）

このスティルナ王国の正妃に、子はいない。

そのため、側室の生んだ男子の中で最も年長のウォルターが、昨年立太子したのだ。

王家に生まれた子の人生は、いかに大きな後見を得られるかで決まる。

ウォルターを生んだ女性は子爵家の出であり、王太子の後見としてはあまりに弱かった。

　そして、クリステルの生家であるギーヴェ公爵家は、スティルナ王国最強の剣とも称される名門中の名門。もしウォルターがクリステルを手放し、王宮でなんの力も持たない男爵家の令嬢を正妃にするなどと言い出したら、彼は即座に王太子の座を失うだろう。

　だからこそ、彼は幼い頃から一度だってクリステルを蔑ろにしたことはなかったし、もちろんほかの女性に目を向けることもなかった。

　漫画の中でヒロインは『ウォルターはずっと、窮屈な暮らしをしてたんだね……。可哀想』などと言っていたが、その程度の窮屈さなど王侯貴族であれば当たり前のこと。

　一応は貴族の末席に連なる身でありながら、何寝言をほざいているのだこのヒロイン、と心の底からツッコみたい。

　トップが孤独なのは、当然だ。

　その妻に――次期国王の正妃に求められるのは、夫を優しく甘やかすことではない。

　何があっても夫の背中を守る覚悟と、彼の征く道にある障害を減らせるほどの権力だ。

　ギーヴェ公爵家の愛娘であり、厳しい王妃教育をクリアしてきたクリステルには、王妃に求められるもののすべてが備わっている。

　しかし、脳内が恋愛色で染め上げられた『愛し合うふたりで精一杯力を尽くせば、どんな困難だって乗り越えられるよっ』という世間知らずのヒロインにあるのは、ふわふわとした癒しのみ。

ウォルターがあの漫画通りにヒロインを選び、勝手にクリステルとの婚約を破棄したなら、彼らの行く先に待っているのは『恋に溺れてすべてを捨てたバカップル』という結末だけだ。まず、国の統治者になどなれないだろう。

クリステルのほうは、婚約破棄されたら、それはそれで生きるのには困らない。嫁のもらい手はなくなるだろうが、彼女はパーフェクトな『悪役令嬢』。頭脳も美貌も魔術師としての実力も、上流階級における人脈もかなりのものだ。文官、武官、フリーの魔術師。どの道を選んでも、食うに困ることはない。

一方、ギーヴェ公爵家のメンツを潰し、王家の顔にも泥を塗ったウォルターとヒロインはどうか。

(……まず、この国では生きていけないわよね)

そんな危険な人物とかかわったところで、周囲から白い目で見られこそすれ、なんのメリットもありはしない。

ヒロインの実家は、爵位と領地の没収は免れないだろう。

ウォルターは優秀な頭脳と、王太子としての誇りと、覚悟を持つ青年だ。ちょっと考えただけでも、クリステルを決して手放したりなどしないように思う。

ヒロインとどれほど激しい恋に落ちたところで、ギーヴェ公爵家に頭を下げて側室に迎えるのがせいぜいのはずだ。

クリステルは、幼い頃から『次代の王妃』として相応しくあるよう、厳しい教育を施されてきた。

自分以外の女性が愛妾としてウォルターに仕えることになったとしても、「まぁ、そうですの」で対処できる自信がある。もし当代の正妃のように次代の国王となる子を得られなかったら、ほかの女性にその役割を委ねるのは当たり前のことなのだ。

だからといって、国王の子を生んだ愛妾に好き勝手に振る舞われては、王宮内の秩序が乱れてしまう。

その点、当代正妃とウォルターの生母は、今のところまったく問題なくやっていると聞く。

ウォルターを生んだ女性は少々体が弱く、滅多なことでは政治の表舞台に出てこない。

クリステルは、昨年彼との婚約が調ったときに一度挨拶しただけだ。

彼の生母はとても線の細い美しい女性で、クリステルにも、非常に礼儀正しく挨拶をしてくれた。

王宮の女主人は正妃であり、自身は彼女に仕える身なのだという立場を、きちんとわきまえているのだろう。

もし将来、ウォルターが側室を迎えることになったら、現正妃とウォルターの母に側室と上手くやっていくコツを伝授してもらおうと思ったほどだ。

だから、ウォルターが無理にクリステルと別れなければいけない理由もそれほどない。

クリステルは、次代の王妃。

ずっとそのように育てられてきたし、それが自分の進むべき道なのだと理解している。

もちろん、その誇りもある。

『目指せ、ギーヴェ公爵家の名に恥じない立派な王妃！』

これが、クリステルのアイデンティティなのだ。

政略目的で婚約を定められたウォルターには、今まで甘い感情を抱いたことはない。

そんな感情を持ったりしたら、いずれ彼がほかの女性の手を取ったとき、辛(つら)い思いをするだけだと家庭教師から教わっている。

これからウォルターがヒロインを選ぶなら、それは仕方のないことだ。

ふたりの恋路を邪魔するつもりはないし、彼は非常に頭のいい青年である。

一時の恋愛感情に流されるまま、ウォルターが愚(おろ)かな選択をしないよう、さりげなくフォローしていけば問題ないだろう。

けれど、ヒロインが王妃の座を望むなら話は別だ。

自分以上の力と覚悟を手に入れてから出直してこい、と正面から堂々と言ってやる。

それが、今までギーヴェ公爵家で次代の王妃たるべく育てられてきた、クリステルの義務だ。

そこまで考えて、はたと気づく。

（わたしがこうして三日間も授業を休んでいるのに、ウォルターさまからなんのお見舞いもないなんて……変よ）

今までの彼であれば、クリステルが体調を崩したときにはちょっとした見舞いの品を贈ってきたし、それには必ず彼女を気遣う手紙が添えられていた。

今回に限ってそれらがないのは、彼がヒロインと出会ったことで、なんらかの変化があったからだろうか。

（それにしても、たったの三日で婚約者に対する最低限の礼儀さえなくしてしまうなんて）

そう思ったところで、クリステルは息を呑んだ。

彼女が今まで生きてきた、そしてこれから生きていく世界は、あの少女漫画とは違う。

ヒロインとヒーローが結ばれてしまえば終わるような、都合のいい物語などではない。

その先の未来がある、現実だ。

クリステルは、震える指先で額に触れた。

（ちょっと、待って……。今の『現実』から、あの『物語』のような結末を迎えるには、どんな要素があったら可能なの？）

かつて漫画というカタチで楽しんだストーリーは、ヒロインが見目も家柄もいいイケメンたちとガンガン恋愛エピソードを作りながら、素晴らしい鈍感力を発揮して彼らの好意を総スルー。ラストは『みんな、あたしとウォルター王太子の恋を応援してくれてありがとう！』という、夢見る乙女の妄想を具現化したようなものだった。

彼女をとりまくイケメンたちは、ウォルターの側近候補としてこの学園に通っている者たちだ。

彼らの中には、もちろん婚約者を持つ者がいる。

ヒロインに婚約者の心を奪われ、泣き暮らす彼女たちの描写も、漫画の中にあった気がする。

（……ありえないわ。だってみなさん、ご自分たちの家同士の力関係をきちんと理解していらっしゃるし……。いえ、だからその『ありえない』を現実に起こすとしたら――）

クリステルは、ぞくりと身を震わせた。

（まさか――精神干渉系の、魔術を発動させているの？）

そもそも、ヒロインの性格からしておかしいのだ。十五歳にもなった貴族の娘が『純粋』だの『天真爛漫（てんしんらんまん）』だのという性格を維持しているなど、ありえない。

政略結婚の駒（こま）となれない貴族の子女は、自力で将来自分を養ってくれる結婚相手を捕まえなければいけない。

彼女たちは物心ついたときから、男性を誘惑する術（すべ）を必死に学ぶ。

ヒロインがそれを学ばずにいたなんて、あまりにも不自然すぎる。

だが、もし彼女が今まで誰からも否定された経験がなく、ひたすら愛情のみに包まれて成長してきたなら。

そんな仮定が頭に浮かんだ瞬間、クリステルは再び息を呑んだ。

もしや彼女は、周囲を自分の都合のいいように動かす能力を、幼い頃から持っているのではないだろうか。無意識に望むことで、周りの人間が勝手に彼女の都合のいいように動くのだとしたら……

今まで周囲の誰からも否定された経験がなく、無邪気に生きてきたというのもうなずける。

他人の心をねじ曲げる精神干渉系の魔術は、戦時下の敵国の捕虜に対してしか使用を許されない禁術だ。

そんなものを日常生活の中で発動させる者がいるなど、誰も想像しないだろう。ましてやここは学園内。教員の許可なく魔術を使えば厳罰とされる。その教員の目さえあざむいて魔術を使えるのだろうか。

クリステルは、ぐっと両手を握りしめた。

落ち着け、と何度も繰り返し自分に言い聞かせる。

こうして自分がヒロインに対して否定的な思考をできているのだ。もしヒロインが本当に精神干渉系の魔術を発動させていたとしても、さほど強力なものではないだろう。

何より、ヒロインの魔力保有量は平均レベル。

王族や上級貴族と比べれば、微々たるものだ。

(……えぇと。とりあえず、〈状態異常解除〉でどうにかできるか、試してみようかしら。精神干渉系の魔術をブロックする術式を組み込めるものは――あぁ、この指輪がちょうどいいわね)

自分が守るべき国がめちゃくちゃにされるかもしれないという危機を前に、黙ってはいられない。

さくさくと準備を整え、制服に着替えてクリステルは校舎に向かった。

クリステルが教室に着くと、ちょうどお昼時だった。

三日間も休んでいたことを気遣うクラスメイトたちに、ウォルターの居場所を聞けば、食堂だろうと教えてくれる。

「あの……クリステルさま。その、とても申し上げにくいのですけれど、もしかしたら殿下のおそばに、大変わきまえのない女生徒がいるかもしれませんわ」

クラスメイトの言葉に、クリステルはほっとした。

やはりウォルターとヒロインは、随分親しくなっているようだ。しかしヒロインの力は、周囲の人間すべてに干渉できるようなものではないらしい。

にこりと笑って、礼を言う。

「お気遣いありがとうございます。もし殿下に捨てられたら、みなさん慰めてくださいね？」

「まぁ、クリステルさまったら」

彼女もクラスメイトもそんなことはありえない、と理解しているからこその軽口だ。

場の空気が、少し緩む。

クリステルは、ひっそりと息をついた。

（このまま『物語』の通りに殿下が婚約を破棄するなんて言い出したら、最悪、国が沈んでしまうものね）

王家とギーヴェ公爵家が決別したら、国がまっぷたつに割れて内乱が起きてもおかしくない。

もしクリステルが予想したように、ヒロインが精神干渉系の魔法でウォルターたちを操（あやつ）っているのでなければ、これから彼女がしようとしていることは無駄かもしれない。

ウォルターと側近候補の青年たちを正気に戻すことができなかったら、すぐに父と国王に連絡しよう。そう考えながら、クリステルは食堂に向かう。

果たして、食堂の中でも王族とそれに近しい者にしか許されない席で、ウォルターとその側近候補たちはひとりの少女を囲んで楽しげに談笑していた。

周囲の生徒たちが揃（そろ）って困惑し、あるいは眉をひそめて彼らの様子を眺めている。

許されない席に堂々と座る少女を、秩序（ちつじょ）を重んじる生徒は苦々（にがにが）しく思っているのだろう。

まっすぐにウォルターたちに近づいていくクリステルに気がつくと、周りの生徒はほっとしたような、気遣うような視線を彼女に向けてきた。

この学園内で王太子の行動に正面から苦言を呈することができるのは、クリステルだけだ。

「ごきげんよう。ウォルターさま」

クリステルは、穏やかに声をかけた。

こちらから声をかけるまでウォルターがクリステルに気がつかないなんて、今までならばありえなかったことだ。

彼はどこか不自然な動きで振り返ると、何度か瞬きしてからぼんやりと口を開く。

「――クリステル？　久しぶりだね」

その声を聞いたとき、クリステルは『悪役令嬢』にあるまじきことに、鼻血を噴きそうになった。

（シ……、シスコンを拗らせたイケメン皇帝陛下と同じ声ぇぇぇぇぇーっっ⁉）

――前世でセカンドシーズンまで一気見した、ロボット・学園・恋愛・異能という要素を矛盾なく融合させた神アニメ。その主人公である、高笑いさせたら世界一！　の美青年皇帝キャラと同じ声が、ウォルターの口から発せられた。

クリステルはその場に座りこんで床を叩きながら、力一杯悶絶しそうになる。

彼女の貴族としての誇りと義務感は、超絶美声を間近で聞いたオタク系女子高生の滾りに、あっさり瞬殺された。

『超好みの美声で、自分の名前を呼んでもらう』

これほど、オタク女子の煩悩を満たしてくれるものがあるだろうか。いや、あるまい。

クリステルは、そっと両手を組み合わせてウォルターを見つめる。

なにげに、その瞳は潤んでいた。

「もう一度……呼んで、いただけませんか？　ウォルターさま」

え、とウォルターがわずかに目を瞠る。

彼女の様子を見たウォルターの側近候補の面々や、周囲の学生たちも揃って息を吞んだ。

クリステルは、幼い頃から厳しい王妃教育を受け続けてきた少女だ。

彼女が常に浮かべている優雅なほほえみは、決してその本心を映すことのない完璧な鎧。

鎧を脱いだ、素のままの彼女を見たことがある者は、おそらく家族だけだ。

そのクリステルが白い肌をほんのりと上気させ、切なげに潤んだ瞳でひたとウォルターを見つめている。

焦がれてならない熱を、隠すことなく湛えているエメラルドグリーンの瞳。

その瞳の持ち主は『めちゃくちゃ萌える声優さんの声で名前呼び、カモーン！　はよう！』としか考えていないのだが、客観的にはまさしく恋する乙女にしか見えないものであった。

『悪役令嬢』に相応しい妖艶な美貌の持ち主が、婚約者にはじめて見せた、ひたむきな好意。

それはもう、すさまじい破壊力を持っていたようだ。

「……クリステル！　駄目！　俺以外の男がいるところで、そんな顔したら駄目だからあぁぁあああーっっ!!」

至近距離でその直撃を喰らった婚約者が、即座に理性をすっ飛ばして彼女を抱きしめ、周囲の目から完全に隠そうとする。

だが、自分がR18指定の入りそうなとろけた顔をしてたことなど、クリステルは知る由もない。美声とはほど遠い裏返った声で名前を叫ばれ、彼女は我に返った。

むっとしながら、ぐいぐいとウォルターの体を押し返す。

「離してくださいませ、ウォルターさま。こんな公共の場で、不躾にもほどがありますわ」

キッとウォルターを見つめると、彼は困惑したような声で言った。

「クリステル……？」

（はう……っ）

耳元で囁かれた掠れ声に、クリステルは再び煩悩モードに引き戻される。

ぷるぷると震えながら、自分の顔や耳に熱が集まるのを感じた。

オタク系女子高生を仕留めるのに、刃物はいらない。

好みの声優の囁きひとつで、即座に陥落する。

クリステルの膝があっさりと役目を放棄した。腰砕けになった彼女の体を、ウォルターが慌てて支える。

「ク、クリステル……？　大丈夫？」

「ウォルターさまぁ……」

公爵令嬢としてあるまじき己の失態に、クリステルはじわりと涙を滲ませた。縋るようにウォルターを見上げる。

うるうるの上目遣いであった。

カーン！

そのとき居合わせた人々は、ウォルターの理性と煩悩のフルコンタクト一本勝負開始の合図を聞いたという。

ウォルターの顔から、完全に表情が消えて三秒後。

ふふ、と虚ろな笑みをこぼし、彼はゆっくりと深呼吸をした。

そしておもむろに、低い声で呪文を唱える。

「――〈状態異常解除〉！」

ウォルターのチートな魔力が全開で発動され、その波動がぶわりと学園中に広がる。

一瞬にしてすべてがあるべき姿に正された。

（……あら？）

クリステルは、己の中で萌え上がったオタク魂まで沈静化されていることに気づく。

それにしてもなぜ彼は突然、すべての魔術の効果をキャンセルする〈状態異常解除〉を発動したのだろう。

……ひょっとして、クリステルの萌え滾りっぷりが、魔力暴走の前兆のように見えたのだろうか。

魔力持ちの幼い子どもや、体調を崩した魔術師が起こすことのある魔力暴走。それは、自分の意思で制御しきれない魔力が暴走する現象で、周囲を無差別に破壊するため、本人も周囲も非常に危険だ。

魔力暴走は、発動範囲内すべての魔力の流れを正常化する〈状態異常解除〉で防ぐことができる。

クリステルは『王国最強の剣』であるギーヴェ公爵家の娘だ。

彼女の魔力が暴走すれば、周囲への被害は甚大なものになる。

その可能性を察知したウォルターが危機感を覚え、魔術を発動させたのだろうか。

オタク魂の滾りが、魔力暴走と同じ術式で抑えられたというのがなんとも微妙だ。

クリステルの頬を、ウォルターがそっと撫でる。

不安げにこちらを見る彼の瞳に、先ほどまでのぼんやりと緩んだ感じはない。

もう、いつもの彼だ。

やはり、ウォルターがおかしかったのはなんらかの魔術の影響下にあったかららしい。

ほっとしたクリステルから目を離さないまま、ウォルターは気遣わしげに口を開いた。

「クリステル？　一体――」

「殿下？　さっきから、何をしてるんですか？　その方、どなた？　殿下のお知り合い？」

子どもっぽく無邪気な笑みを浮かべた少女が、ウォルターの言葉を遮った。彼女の周辺にいたウォルターの側近候補たちは、どこか呆けた様子でそれぞれ額に手を当てている。

王族とその婚約者の会話に割りこむという信じがたいほど無礼な少女の行為に、食堂内の空気が凍りつく。

ウォルターは冷ややかに目を細め、振り返ろうとした。その寸前、クリステルは彼の手をぎゅっと握りしめる。

彼の手に、クリステルの指輪が触れた。そこには、先ほどウォルターが発動した〈状態異常解除〉と同じ種類の術がこめられている。

一瞬、驚いたように指輪を見たウォルターは、クリステルにしっかりとうなずいてみせた。

ありがとう、と低くつぶやいたウォルターは、クリステルの手を握り返してゆっくりと口を開いた。

「マリア・ウィンスロー。非常時を除き、学園内で教師の許可なく魔術を行使することは校則で禁じられている。今すぐ、解除しろ」

「え……？」

きょとんと目を丸くしたヒロイン――マリアは、不思議そうな顔をした。

「何言ってるんですか？　あたし、まだ入学したばっかりなんですよ？　魔術なんて、発動できるわけないじゃないですかー」

その答えに、ウォルターは忌々（いまいま）しげに舌打ちした。

「いいや、たしかに発動している。精神干渉系の魔術――〈魅了〉と〈暗示〉の構成に近いが、それを俺たちにかけていただろう。自然すぎて気持ちが悪いな。魔力の圧がまるでない。……クリステル。こんなものに、よく気がついたね」

目を細めて吐き捨てるように言ってから、ウォルターはクリステルに笑いかけた。

固唾を呑んで注目していた生徒たちが、一斉に後ずさる。

誰だって自分の精神に干渉されたくはない。

それぞれが発動しうる最上級の〈防御〉を展開する中、ウォルターの側近候補筆頭の青年が動いた。

「きゃあっ!?」

「マリア・ウィンスロー。殿下のお心を卑劣な術で支配しようとしたその罪、万死に値する。暴れるな。抵抗するなら、この場で殺す」

マリアの体を床に叩き伏せ、その腕を捻り上げて動きを封じる。

彼の名は、カークライル・フォークワース。艶やかな黒髪に鋼色の瞳を持つ、怜悧な印象の青年なのだが――

（いーやー！　カークライルさま！　巨人相手に戦う人類最強キャラから、素晴らしい滑舌が必須の明るいツッコミキャラまでなんでもござれの、あのスペシャルな声優さまのお声なの⁉　み、耳が幸せすぎて死んでしまうわ……）

――クリステルは、あやうく再び悶絶しそうになった。

これまで受けてきた地獄のような正妃教育を思い出し、どうにか踏みとどまる。未来の夫とその臣下の前で、だらしない顔を晒すわけにはいかない。

そんなクリステルの努力を試すように、そのあと正気を取り戻したウォルターの側近候補たちが、次々と口を開く。そのたび、前世で萌えまくったアニメで聞いた美声が鼓膜を震わせ、クリステルは密かに身悶えた。

ここは天国か、それとも桃源郷か。

……彼らの声で罵倒されながら死ねるのなら、たとえ『物語』通りにすべてが進んで王太子とその側近に無実の罪で断罪されても、悔いはないかもしれない。

そんなとっちらかったことをクリステルが考えている間に、マリアは魔術の発動を封じる手枷を嵌められ、駆けつけた王国騎士たちに連行されていった。

彼女にどんな処分が下されるかはわからないが、いずれにせよ魔術の封印だけは避けられないだろう。

もう二度と、顔を合わせることもあるまい。

こうして、婚約者たちの美声に萌え萌えしているだけでクリステルが何もしない間に、婚約破棄エピソードが完全消滅してしまった。

これが結果オーライというやつか、と彼女はそっと息をつく。

そんな彼女の指先に、ウォルターが軽く唇で触れた。

「ありがとう、クリステル。きみのおかげで、本当に助かった」

（うぅ……っ）

その甘い囁き声に、クリステルの全身がぞくぞくする。

冗談抜きに命の危険を感じた。

死因、萌え死に。

さすがにそれは、恥ずかしすぎる。

全身全霊で公爵令嬢としてのプライドのすべてを懸けて、クリステルはにこりと笑った。

「ウォルターさまの一の臣下として、当然のことをしたまでですわ。まだ体調が優れないので、失礼させていただきます」

先ほどの醜態は体調不良のせいですのよ！　勘違いなさらないでくださいね！　と内心でツンデレっぽいことを叫びながら、クリステルは踵を返した。

その腕を、ウォルターが思わずといったふうに掴む。

「送っていくよ」

「ありがとうございます。けれど、お気持ちだけいただきますわ。いくらウォルターさまでも、女子寮に入るには大変な手続きが必要ですもの。——あぁ、セリーナさま。申し訳ありませんが、寮まで付き添っていただけますか？」

ちょうど近くにいた友人、セリーナ・アマルフィに声をかける。セリーナはウォルターの側近候補のひとりの婚約者でもあり、クリステルと仲がいい。

彼女は、ぱっと頬を紅潮させてうなずいてくれた。

「もちろんですわ、クリステルさま！　殿下、ご安心くださいませ。クリステルさまは、わたくしが必ずやご無事にお部屋までお連れいたします」

「あ、あぁ……」

ウォルターの手が、名残惜しげに離れる。

けれど、クリステルはそれどころではなく、心からおののいていた。

（うぅっ、危険な美声青年たちからの逃亡に成功したと思いましたのに、まさか、セリーナさままで……セクシー系から清純派までどんとこいの、エクセレントな銀河の妖精ボイスだったなんて！　とろけるような美少女ボイスというのは、これはこれで非常に趣のあるものでございますわね。うっかり新たな扉を開いてしまいそうです）

いつも通りのパーフェクトな『悪役令嬢』スマイルを顔に貼り付けながら、クリステルは密かに決意する。

自分の心臓のためにも、今後はウォルターたちと、安心安全な距離間を確保した上で接していこう――と。

リアル萌えは、危険だ。

今まで積み重ねてきた正妃教育の成果を、一瞬で瓦解させてしまいかねない。

ヒロインが早々に退場したにもかかわらず『悪役令嬢』クリステルは、別の意味で保身に走ることになったのだった。

第一章　禁域のドラゴン

クリステル・ギーヴェ公爵令嬢が通う学園は、魔力持ちの人間が十五歳になると必ず入学するように定められている、国の最重要教育機関である。

ここは、剣と魔法の世界。

すなわち、人間が生きていくのに剣と魔法が必要であるということだ。

未開の土地には危険極まりない不思議生物――幻獣が多数生息している。しかし大陸のあちこちに点在している国を行き来するには、彼らの住む土地を通り抜けなければならず、常に命の危険が伴う。

国が領土を広げようと思えば、幻獣の群れを討伐し、その生息地をゲットするしかないのだ。

そのため、国家間の争いは滅多に発生しない。

その代わり、国の外にいる幻獣たちとの戦いは頻繁にあった。

クリステルも幼い頃から、幻獣討伐には何度も参加している。それが自分の義務だと疑問に思うこともなかったたし、強大な幻獣を倒したときには、たしかに充実感や達成感を覚えていた。

しかし、オタク魂(だましい)保持者の女子高生の感覚からすれば、どんな危険な幻獣も、殺すなんてモッタイナイ！　と叫びたくなるのだ。

幻獣の多くは、その生態が明らかになっていない。

人々が彼らを討伐しまくったあとで、種の個体数を復活させたいと思っても、それは非常に困難になるだろう。

クリステルは前世で二次元に萌(も)える立派なオタクだったが、それなりに一般常識も持ち合わせていた。

ドードー鳥(どり)しかり、リョコウバトしかり。人間が絶滅させてしまった動植物は、数限りない。

そんな記憶を踏まえて考えてみると、人間の生活圏を広げるために彼らの生息地を力ずくで奪うというのは、いかがなものかと思ってしまう。

それでも、今クリステルが生きている世界で、幻獣たちは人間を襲い食らう、完全なる『強者』だ。

先日、うっかり前世の記憶を蘇(よみがえ)らせてしまったクリステルは、『希少生物の保護……。

ふふ、自然と人間は相容れない存在なのよ。そう、オタクとリア充が決して相容れないように』と遠い目をした。いくら幻獣が希少でも狩らないわけにはいかない。

互いに食うか食われるかという殺伐とした関係である以上、その死に迷いなど覚えていては、あっという間にあの世逝き。

かつての世界の価値観に囚われ、自分や他人の命を危険に曝すなどあってはならない。

将来王妃となるべく育てられてきたクリステルの命は、国民を守るために使われるべきものなのだ。

いずれ王族となるクリステルの命は、国民のもの。

だが、この魂は彼女自身のものだ。

クリステルの前世は、オタク系女子高生である。

オタク魂が『剣と魔法の世界』で覚醒した場合、どのように花開くかなどあえて語るまでもないだろう。

記憶を取り戻して以来、彼女は幻獣討伐のための魔術戦闘授業に、より一層力を入れていた。

(あぁ……っ。魔術戦闘の実技授業は、どうして週に三度しかないのかしら⁉)

実技訓練中、クリステルは中二的遊び心を練りこみ、連続展開した爆裂魔法をウォルターに叩きこむ。彼は、あっさりと彼女の攻撃を防いだ。

クリステルは、ぞくぞくした。

普段のウォルターは、彼女が全力で魔術を展開しても、かなりの余裕を持って対応してくる。その彼が、今はクリステルが攻撃を仕掛けるたび、少し驚いた顔をしてから嬉しそうに応戦してくるのだ。

まったく手加減をする必要のない相手と、全身全霊の魔法で遊ぶ。

これ以上に楽しいことがあるだろうか。

優秀な『悪役令嬢』であったクリステルは、元々、魔術師としての腕前もトップクラス。そこにオタク文化の粋である中二的センスが加えられたのだ。おまけに『授業中に起きた出来事は、担当教官の責任』という免罪符がある。

彼女は、この授業のたび少々はっちゃけてしまっていた。

前世の記憶が蘇ったばかりの数日間、ウォルターや側近候補たちの美声を耳にしなくてすむよう、極力彼らを避けていた。けれど、ウォルターの婚約者である以上、なかなかそうもいかない。クリステルはじたばたと悶絶したくなる美声を、たびたび耳にすることになった。

しかし、彼女は耐えた。

それまでの人生で培ってきたお嬢さまスキルを信じ、耐えがたきを耐え、忍びがたきを忍んだ結果、ほんのわずかながら『美声耐性』を手に入れたのである。

至近距離だとまだまだ危ういが、戦闘訓練時程度の距離であれば、どうにか内心の萌えを隠して平気なフリができるようになっていた。

たとえ相手が「そんな戦い方を、どこで覚えてきたんだい？」「じゃあ、次はこちらから行かせてもらうよ」「俺の勝ちだね？　クリステル」という萌えセリフをライブで聞かせてくださってもだ。

今や彼女は、「ありがとうございます、ありがとうございます、ありがとうございます。大事なことなので三回言わせていただきました」と、脳内でスライディング土下座でお礼を言う妄想をするだけでとどまれるぐらいになった。

慣れというのは、素晴らしいものである。

とはいえ、『魔法で全力で遊ぶ』というはっちゃけテンションも、それに大きく貢献している。そうでなければ、たとえ距離があってもクリステルの足腰はあっという間に砕けてしまう。

そのため彼女は、魔術戦闘実技の授業以外では、さりげなくウォルターたちから距離を置くようにしていた。

人前で鼻血を噴いては、ギーヴェ公爵家の威信にかかわる。

今日も授業が終了した直後、ウォルターに話しかけられる前に、急いで友人たちとともに訓練場から教室に戻った。

（それにしても……）

クリステルはふと、窓の外を見る。

いくら未来の国王陛下といっても、ウォルターはクリステルと同じ十七歳。まだまだ、友人同士でやんちゃをしたいお年頃だ。

側近候補たちとは幼馴染という気安い関係であることもあり、今もウォルターは彼らと中庭に集って楽しげに笑い合っている。その姿は、普通の学生となんら変わらない。

見目ヨシ、家柄ヨシ、将来有望の三拍子揃った彼らの姿に、女子学生たちが揃ってうっとりとした眼差しを向けている。

クリステルは、ぎゅっと拳を握りしめて目を伏せた。

（あれが二次元なら、絶対にどこかで素敵なカップルを妄想していたはずなのに……。やっぱりリアルでは、いまいち食指が動かないわ）

彼女のオタク魂は、BL的な世界に関しては、あくまでも二次元限定。

ついでに言うなら、少女漫画におけるイケメン――まさに今、目の前できらきらしているウォルターたちのような、レディファーストの徹底している紳士系は、男性同士で絡ませてもあまり楽しいと思えない。

なんとなく、女の扱いに慣れている男性から同性愛は想像しにくいのである。

やはり男同士というのは、『どつき愛』の熱い絆で結ばれたカップルが美味しい。

それ以前に、青少年同士の『きゃっきゃうふふ』は、この世界で現実に発生するとかなり面倒だと思う。

何しろ、男同士のカップルでは子どもが望めない。

もちろん、子を持つことだけが人生のすべてではないだろう。

それに、同性愛者にせよ異性愛者にせよ、子どもを望めない人々はいる。彼らの気持ちを考えれば、『子どもができない』という理由のみで同性愛を否定するのは、いかがなものかと思う。

しかし、クリステルたちが生きている貴族社会では、家を継ぐ子どもを作るのが最優先事項とされている。その中で生きていく以上、同性の伴侶を望むことは不可能だ。

貴族階級の男性が同性愛に目覚めた場合、家を捨てて愛に生きるか、子どもを作るために政略結婚をして愛は別で育むか、己の性的指向を完全に秘匿して満たされない人生を送るかの、不毛な三択となってしまう。

（有能な後継者に家を捨てられたら国が乱れるし、男の愛人がいる相手にはさすがに嫁ぎたくない。絶対に愛してくれないとわかっている旦那さまは……珍しくないから、まぁ、たぶん耐えられるけれど。一生秘密を隠し続けなければならないというのは、ご本人がお気の毒すぎるわよね）

やはり、貴族階級の男性にはソッチの世界に走らないでいただくほうが、余計な厄介事が起きなくていい。

教室の窓から婚約者を眺め、呑気にそんなことを考えていたバチが当たったのだろうか。

そう。

クリステルは、すっかり忘れていたのだ。

たとえヒロインが『物語』の開始直後に退場してしまっても、この世界の時間は容赦なく進んでいくのだということを――

その日は、朝から雨だった。

不吉な雷鳴が轟く中、教室の窓を大粒の雨がひっきりなしに叩く。

昼間だというのに真夜中の如き漆黒に塗り潰された空を、時折稲妻が奔り抜けていった。

午後一番目の座学を終えたクリステルは、そんな空を見上げながら『たーまやー』と目を細める。

いつか幻術系の魔術を使って夜空に大輪の華を咲かせられるだろうか、と考えていたときだ。

（……っ!?）

すさまじい衝撃が、校舎を震わせた。

それは、学園の敷地を覆っていた守護結界が外部から破られたために生じたものだった。しかし、結界内の者たちは、咄嗟に地震だと考えた。

クリステルは、「雷に地震だなんて、火事とオヤジが揃えば完璧ですわね！」と思いながら、級友たちに机の下に入るよう指示し、脱出路確保のために窓を開ける。

すかさず顔を叩いた雨粒の強さに、片腕を掲げた。

だが――

（は……？）

激しい雨粒は、すぐに途切れた。

瞬きをしたクリステルは、鈍いオレンジ色に輝く巨大な眼球が目の前でキロリと動くのを見た。その目が自分の姿を捉えたのを感じ、立ち竦む。

ゆっくりと眼球の持ち主を確認する。雨空に溶けこむような漆黒の鱗、コウモリの翼を持つ巨大なトカゲにも似たその姿。

幻獣たちの王、ドラゴンだ。

それも、全長十五メートルはありそうな体躯からして、長老級の個体である。

唖然として立ち尽くしたクリステルは、ちょっぴり現実逃避をしたくなった。

（……これはひどい）

何がひどいかと言えば、自分の甘さが、である。なぜ、こうなることを予想していなかったのか。

クリステルは、だいぶ薄れかけている前世の記憶を必死に検索した。

学園からヒロインがいなくなっても、この世界が『物語』の通りに動いていたなら——おそらく彼は、建国当時から国法で禁域とされている森の奥に生息するドラゴンだ。

このスティルナ王国を興した初代王は、建国時に、幻獣たちと互いの領土に対する不可侵を約束した。その幻獣たちの王が、彼だ。

このドラゴンが学園に姿を現したのは、彼の森に隣接した領地を持つ貴族が『バレなきゃ、少しくらい開墾しても大丈夫だろ』と、森の木々を切り倒したのが発端である。

そのあと、密猟者たちが隣接した領地から森へ忍びこみ、禁域に棲む一角獣を生け捕りにして闇市で売り捌いた。

ちなみに、一角獣は大陸中のどこの国でも狩りが禁止されている。滅多に見ることのできない希少種だが、『種の保存』という概念がないこの世界で、絶滅が危惧されているわけではない。

彼らは姿形が非常に美しいので、人々から神聖視されているのだ。

見目がいいだけで保護対象となるのだから、つくづく外見というのは大事だと思う。

それはともかく、突然約定を破って縄張りを荒らされた上に仲間を攫われたドラゴンは、当然ながら大激怒。

幻獣の魔力を封じる檻に囚われ、どこにいるかもわからない一角獣を返せと要求するため、国のトップである王族と直接話をしようと考えた。

しかし王宮は、ドラゴンの力でも容易には破れない結界で護られている。そこで比較的接触しやすい学園で暮らしている、王太子のウォルターに白羽の矢を立てたのだ。

さらに人間というものをまったく信用できなくなったドラゴンは、話し合いではなく、シンプルイズベストな取引ですべてを終わらせようとした。

すなわち、王子にとって大切な存在であるヒロインを誘拐し、『返してほしけりゃ、仲間の一角獣を見つけて返せ』と要求。

それを受けたウォルターと側近候補たちが、力を尽くして一角獣を探し出し、囚われのお姫さま状態のヒロインを救出しに行く――というストーリーだ。

だが現在、ウォルターのそばにヒロインはいない。

つまり、彼にとって最大の弱点となり得るのは、婚約者であるクリステルということになる。

彼女の実家であるギーヴェ公爵家との縁が切れてしまえば、ウォルターは王太子の地位が危うくなるのだから。

膨大な魔力を持ち、強力な古代魔法の使い手でもあるドラゴンにとって、その程度の情報などお見通しに違いない。

（……ごめんなさい、ウォルターさま）

これは、こんなお騒がせ事件が起こるかもしれないと知っていたにもかかわらず、オタク魂の滾りのままに日々を過ごしていたクリステルの、完全な失態だ。

彼女は、呆然とドラゴンを見つめた。

ドラゴンの放つ圧倒的な魔力の圧に、意識が押し潰されそうになる。

床に崩れ落ちる寸前、体が温かな光に包まれ、ふわりと浮かぶのを感じた。

（うひぃっ⁉）

思わず、ぎゅっと目を瞑る。

直径一メートル程度の球状結界に入れられたクリステルは、あんぐりと開かれたドラゴンの口の中に、ぱっくんと閉じこめられた。

怖い。怖すぎる。

ドラゴンが念話で学園内の人々に語りかける。クリステルの脳内にも、ドラゴンの意思が伝わってきた。

『――そなたらが奪った一角獣を、森に戻せ。それまで、この娘は私の城で預からせてもらう。忘れるな。先に約定を違えたのは、そなたら人間だ』

クリステルは、本当に泣きたくなった。

問答無用の愛されスキルを持っていたヒロインとは違い、彼女はウォルターにとって、あくまでも政略目的で定められた婚約者にすぎないのだ。

愛しいヒロインを救出するためなら、どんな苦難でも前向きに乗り越えられるだろう。

だが、攫われたのがビジネスライクな付き合いのみのクリステルでは、まったく気合いが入らないに違いない。

（うぅ……っ。重ね重ね申し訳ありません、ウォルターさま！　でもでも、わたしの父は立派な公爵でございますし、正式な婚約者奪還のためでしたらわりとスムーズに事が進むと思います！　おそらくですが、原作よりもかなりイージーモードになると思われますので、どうかがんばってくださいませ！）

とりあえず、クリステルはウォルターの健闘を祈った。自分に関しては、これから森の奥の古城に連れていかれるのはわかっている。

抵抗が無駄なのは充分に理解しているので、早く口の中から出してほしい。

うっかり呑みこまれて、下からぷりっと出されるようなことになったら、本気で死にたくなると思う。

＊　＊　＊

ドラゴンの古城に到着し、クリステルは無事外に出してもらえた。自分の体を包んでいた球状結界が消えるなり彼女はその場に土下座した。

「このたびは、我が国の不心得者(ふこころえもの)が多大なるご迷惑をおかけいたしましたこと、大変申し訳ありませんでした！」

国民のしでかしたことは、トップの責任。

クリステルの謝罪など、幻獣の王たるドラゴンにとっては些末なものかもしれない。

だが、前世の知識で今回の事態がわかっていたうんぬんは別にしても、この国の将来を担う者の一員として、ここは誠心誠意詫びるべきだ。

それでなくとも、このドラゴンは人間嫌いという設定である。これ以上怒らせて、国ごと襲われる事態になるのは避けたい。

ヒロインは人型に化けたドラゴン——当然のようにイケメンである——ともガンガンフラグを立てまくり、きっちり逆ハー要員にしていた。けれど、『悪役令嬢』であるクリステルにそんなスキルはない。ドラゴンの怒りを鎮めるために、できるかぎりのことをしなければ。

そう考えたクリステルの頭に、ふと疑問がよぎる。

(ひょっとしてあのヒロインの精神干渉は、長老級のドラゴンにまで通じるのかしら)

ヒロイン補正といってしまえばそれまでなのかもしれないが、もし本当に通じるのだとしたら、とんでもない最終兵器である。

今更ながら、ちょっと怖いなとクリステルが冷や汗を垂らしていると、頭上で静かな声が響いた。

「そなたのような幼き雛が、愚か者たちの不始末の責を負う道理はない。……顔を上げよ」

おそるおそる顔を上げれば、遥かな高みから漆黒の巨竜がこちらを見下ろしている。
竜、である。
竜。ドラゴン。偉大なる幻獣の王。
それすなわち――
(はぁあああん……っ)
――オタク魂の、大好物であった。
雨に濡れたせいか、ぴっかぴかに輝く黒曜石の如きつややかな鱗。
今は折りたたまれている、巨体を容易く浮かせる見事な翼。
何より、角の先から爪の先までを満たして溢れんばかりの、圧倒的な魔力の渦。
両手を組み合わせ、クリステルはドラゴンの姿にうっとりと見とれた。
そんな彼女の様子に、ドラゴンは引いたようである。
巨大な後ろ肢が半歩下がり、ずしんと音を立てた。
「そなた……。何やら、気持ち悪いぞ」
「あ、ひどい」
初対面のレディに対し、『気持ち悪い』とは無体な言い草である。
しかし、オタクというのは一般人からは、遠巻きにされるのがデフォルトだ。

他人を趣味嗜好で差別するのはいかがなものかと不満には思うが、現実がそうである以上、文句を言っても仕方あるまい。

相手はドラゴンだから一般『人』ではないけれど、自国の国民性について自分を基準に判断されては困る。

反省したクリステルは少し考え、改めてドラゴンを見上げた。

「ここはやはり、恐怖に震えながら『いやー！　あっちに行ってー！』『助けて、ウォルターさまぁー！』と泣き叫んだほうがよろしかったでしょうか？」

うろ覚えだが、たしかヒロインはこのシーンでそんな反応をしていた気がする。

ドラゴンはわずかな沈黙ののち、ゆるりと首を振った。

「それは、鬱陶しい」

「デスヨネー」

うんうんとうなずいたクリステルを、ドラゴンが奇妙なものを見る目で眺める。

クリステルは、地味に傷ついた。

先ほどのオタク的反応は深く反省しているので、あまりそんな目で見ないでいただきたい。

ドラゴンが、巨大な顎をゆっくりと開く。

「そなたは……私が、恐ろしくはないのか？」

「あっ」

クリステルは、慌てた。

ドラゴンといえば、最強の幻獣。

人間などドラゴンといえば、『ぷち』どころか『ぷ』の一瞬で挽き肉にできてしまう、圧倒的な強者だ。

まして、現在クリステルは人質として誘拐された身。

普通の少女であれば泣き叫んで怯えるか、気絶するかのどちらかだろう。

ドラゴンが、あきれ返った口調で言う。

「……この期に及んで、その反応とは。そなた、鈍いにもほどがあろう？」

クリステルは、ますます慌てた。

（あぁ……っ、ドラゴンさまが、ものすごく残念なモノを見る目に……！　違うのです、ドラゴンさま！　我が国の一般的な少女は、わたしよりもずっと繊細で可愛らしいですから！　わたしはこの国で唯一のオタク魂の保持者ですからー！）

内心の動揺を、クリステルは鍛え上げられたお嬢さまスキルにより、一瞬で抑えこんだ。

にっこり笑って、ドラゴンを見上げる。

「先ほど、ドラゴンさまがウォルターさまたちにお伝えになった言葉は、わたしにも聞こえておりました。ウォルターさまがドラゴンさまのお望みを叶えられれば、わたしは帰ることができるのですもの。何も恐れる必要などございませんわ」

ふむ、とドラゴンは首を傾げた。

その姿はどことなく可愛い。

「そなたは、あの王子を信じておるのだな」

「はい」

さすがにここで『イエ、むかーし漫画でオチまで読んだので、大丈夫だと知っているだけです』とは言えない。

にこにこ笑ってごまかしていると、ふいにドラゴンの巨躯が淡く光った。

一体何事、とクリステルは目を瞠る。その間にドラゴンの輪郭が光に溶け、代わりに堂々たる偉丈夫の姿が現れた。

クリステルは唖然とした。

（早っ！　ドラゴンさまの人型バージョンが出てくるには早すぎますわよ!?　人型になるのは、ヒロインと打ちとけてからではなかったのですか!?）

思わず内心で盛大にツッコんでしまう。

ドラゴンは人間不信で、滅多に人型にならない設定、どこへ行った。

原作では、ウォルターが一角獣を森に帰した時点で、ようやくドラゴンは人間への信頼をとり戻し、人型バージョンのお披露目だったはずだ。

でっかい幻獣だとしか認識していなかった相手が、外見年齢二十代半ばのイケメンだと知ってヒロインが赤面。それを見たウォルターが面白くない顔をする、というオチに繋がるネタだ。それを、こんな初期段階で晒してどうする。

目を丸くしたクリステルに、全身を黒衣で包んだ偉丈夫は小さく微笑した。

「それでは、少々王子たちの様子を見てくるとするか。この城は、好きに使っていい。あぁ、城門からは出ないように。私の眷属に食われるからな。――日暮れには戻る」

そう言って、マントの裾を翻したドラゴンはあっという間に姿を消す。

どうやら彼は、古代魔法の〈空間転移〉を無詠唱で使えるらしい。

学園からこの城までも〈空間転移〉で戻ってきたのだろうか。

クリステルは、その場にぱったりと突っ伏す。

ぷるぷると震えながら、両手で顔を覆った。

（まさかの……っ、まーさーかーの！　血液を武器に戦う、ゴージャスマッチョな最強紳士のお色気重低音ボイスーッッ!!）

黒髪に炎の色の瞳をしたドラゴンの化身は、前世で死ぬ直前にハマりまくったアニメ化少年漫画のヒーローと同じ声だった。舌を噛みそうな必殺技名を、あれほどお色気たっぷりに言い放てる声優さまなど、クリステルはほかに知らない。

ドラゴンバージョンのときにも、イイ声だなぁとは思っていたのだ。しかし、とんでもない巨体から発せられる重低音は城に反響しまくって、あまりにアニメの声と印象が違いすぎた。

クリステルは誰も見ていないのをいいことに、全力で床を殴りつけながら身もだえる。

(あぁぁ……っ。人型バージョンのイケメンドラゴンさまのお声だけで、ゴハン十杯はいけそうな気がします！　この世界に、白米はあまり流通しておりませんけど！

い……っ、生きててよかった……！)

そうしてひとしきり悶絶したクリステルは、ようやくむくりと体を起こした。

ちょっと、手が痛い。

石畳の床は、素手で殴るには頑丈すぎる。

改めて己の現状を考え、クリステルは腕組みした。

囚われのお姫さま役など、断じて『悪役令嬢』クリステルのキャラではない。

完全なるミスキャストだ。

(……とはいいましても、ここは禁域の森の奥深くにあるドラゴンさまの居城。城門を

出れば、即幻獣たちのお食事になってしまいます。わたしにできることはありませんわね）

たしかヒロインはドラゴンの城への数日間の逗留の間に、中庭で花冠を作ったり、ウォルター恋しさにしくしく泣いたりして、ドラゴンの興味を引いていた気がする。

もし自分がそれをしたら――と想像した時点で、あまりの気持ち悪さにクリステルの全身に鳥肌が立った。

無理だ。

クリステルは、潔くヒロインの模倣をあきらめた。

人間には、がんばればできることと、いくらがんばってもできないことがある。

体力温存のために、無理な努力はしないでおこう。

しかし、ただ座して助けを待つだけというのも、王太子の婚約者としてはいかがなものか。

たとえわずかでも、何かウォルターのためにできることはないだろうか、と頭を捻る。

（うーん……。ドラゴンさまの持ちかけた取引条件をウォルターさまが果たされれば、必ず無事に戻れるとわかっている以上、下手に動くのは得策ではありませんね。非常に不本意ではありますが、やはりここはおとなしく『囚われのお姫さま』役をやり遂げるしかなさそうです。ムカつきます）

できることなら、禁域で一角獣狩りなどという阿呆極まりないことをしでかした密猟者や、その発端となった貴族を自分の手で殴り飛ばしてやりたかった。彼女は父公爵に、自国に不利益な行動をとる人間には厳しく対処しろと躾けられている。暴力に訴えろとは教わってないが、これほど迷惑をかけられたのだ。個人的に、一発殴るくらいはさせていただきたい。

クリステルたちが他国の人間がどれほど幻獣に食われているかをまるで知らないように、ドラゴンも自分の縄張りの外で幻獣がどれほど人間に狩られていようと、まったく頓着することはない。

だからこそ、初代国王はドラゴンの棲む森を禁域とし、互いの領土に不可侵とする約定を交わしたのだ。

その国法を無視して今回のような騒ぎを引き起こした以上、おそらく件の貴族と密猟者たちはよくて国外追放、最悪死刑。

捕らえた幻獣を闇ルートで売り捌いていたなら、彼らはさぞぼろもうけしたと思われる。

その財産を丸ごと没収すれば、少しは国庫が潤うだろうか。

つらつらとそんなことを考えている間に、なんだか体が冷えてきた。

ドラゴンの巨体が入りきる大ホールは、暖を取るには不向きだ。クリステルはその辺の空き部屋を探し、少し休ませてもらうことにした。

城内は好きに使っていいと言われているし、外見は古くとも中はドラゴンの魔法で清潔に整えられている。

ウォルターに対する人質とはいえ、ドラゴン基準で『幼い雛（ひな）』であるクリステルを、できるだけ丁重に扱おうという気遣いが感じられた。

さすがは美声のドラゴン、性格までかっこいい。

（あのイケメンドラゴンさまが、お掃除系の生活魔術を使っているところを想像すると、若干微妙ではあるけれど……）

家事のできる男は、かっこいいはずなので問題ない。……たぶん。

＊　＊　＊

ウォルター・アールマティは、国王の庶子である。

もし父王と正妃の間に子がいたなら、成人後は爵位を与えられて臣籍に下りていただろう。

母親は国王お気に入りの側室として、後宮でそれなりの地位を築いている。

だが、側室は彼女ひとりではない。

いくら国王の寵愛(ちょうあい)を受けていても、子爵家の出身であるウォルターの母は、常に周囲に気を遣って生きていた。

一国の主(あるじ)の側室となり、その第一子である男児を生む。

貴族の女性にとっては、正妃に次ぐ——否(いな)、子に恵まれなかった正妃以上の栄光を、ウォルターの母は手に入れた。

しかし、元々正妃付きの侍女として後宮に入っていた彼女は、望んでそんな立場を得たわけではない。

子どもであるウォルターの目から見ても、母は繊細すぎるほど繊細な女性だ。女同士のどろどろとした醜悪(しゅうあく)極まりない戦いが繰り広げられる後宮で生きていくには、あまりに弱い。

ウォルターは、そんな母が嫌いだ。

毎日毎日、「王妃さまに申し訳ない」「陛下のお子の母が、わたくしのような者で申し訳ない」と嘆き、子どもに目を向けようとしない。

そうやって自らを憐(あわ)れむので精一杯で、王宮という魔窟(まくつ)で我が子を守ることなど、一切考えられない女性なのだ。

ウォルターは、国王の選んだ乳母（うば）と家庭教師に育てられた。そのため、父親である国王と母親は、他人より遠い存在だ。

父王が、国を統治するために常人では考えられないほどの仕事をこなしていることは知っている。その点については、素直に敬意を抱いている。

しかし、いくら家庭教師たちから「国王とは最も尊（とうと）きお方なのです」「陛下の第一子であるあなたさまをお生みあそばされたお部屋さまも、本当に素晴らしい方です」と言われたところで、まるで実感が湧かない。

幼い頃には、『両親』に対して某（なにがし）かの期待や執着を抱いていたような気もする。

だが、年に数えるほどしか顔を合わせない相手に、愛情を抱き続けろというのは無理な話だろう。

何しろ彼らからは、一度だって愛情らしきものを見せられたことがないのだから。

実家の爵位の高い側室が生んだ『弟たち』が、自分と同じような教育を受けていることは知っていた。

国王の子は、基本的に『正妃の子』と『それ以外』だ。

たとえ国王の第一子だろうと、ウォルターが『それ以外』であることは変わらない。

自分たち兄弟は、互いが互いのスペアにすぎない。

このまま正妃に子が生まれなければ、いずれ『弟たち』の中で、身分の高い母親を持つ者が立太子するのだろうと考えていた。

王宮に集う貴族たちは、いつも目を光らせて『将来の国王候補』を観察している。

より優秀な――否、より彼らに都合のいい国王を擁立し、将来の地位を盤石にするために。

ウォルターにとっては、そんな王宮事情の何もかもが、どうでもいいことだった。

誰が王位を継いだところで、実際に政治を動かすのは貴族たちだ。

いくら帝王学を修めようと、歴代王家の中でも類を見ないほど高い魔力を持っていると褒めそやされようと、あんな弱々しい母を持つ自分が次代の王にはなりえない。

最初から負けが見えているパワーゲームにわざわざ参加するほど、ウォルターは酔狂な性分ではなかった。

帝王学など、いずれ臣籍に下りる自分には不要のものだ。

さっさと『将来の国王候補』から外れて、自由に生きたい。

家庭教師たちは、自らの育てた王の子が高みに到達する姿を見たいのだろう。

そうして『この王は自分たちが育てた』と誇りたいのだ。

ばかばかしい。

なぜ自分が、そんな茶番に付き合わされなければならないのか。

そう思いながらも、彼らに抗えば余計なペナルティを科せられる。

それは、ウォルター本人ばかりだけでなく、彼に悪影響を与えたと判断された周囲の人々にまで及ぶだろう。

『弟たち』の誰かが立太子するまでは、『国王の子』として相応しいカタチでいなければ、自分以外の誰かが傷つく。

……本当に、面倒くさいことこの上ない。

そんな鬱憤を晴らすべく、ウォルターは人や家畜を襲う幻獣の討伐に参加しては、彼らと自分の命で遊んだ。

人を食らう恐ろしい姿の化け物が、自分の放つ魔術ひとつでバラバラになり、血や臓物を撒き散らして死んでいく。

生きるというのは、自分以外の何かを殺すということだ。

殺した相手の血を見ているときだけ、自分はたしかに生きているのだと感じられた。

自分は、強い。

だからこうして生きている。

弱いばかりの母とは違う。

彼女のように、己を憐れみながら泣いていることを『生きる』とは言わない。

自分は決して、彼女のようにはならない。

どす黒い血にまみれ、愉しげに嗤う幼い王子。

幻獣討伐を任とする騎士団の者たちでさえ、次第にウォルターを遠巻きにした。

けれど――

『ウォルターさま！　ご無事ですか⁉』

――それは、ギーヴェ公爵領の幻獣討伐に参加した際、突然現れた双頭の巨大な蛇の群れに苦戦していたときだった。

まだ幼く骨の細かったウォルターは、肋骨と左腕をやられて砦に下がるよう指示を受けていたが、退路の確保すらままならない。

彼の様子を見たギーヴェ公爵が、ウォルターを回収せよと誰かに命じたのは見えていたけれど、まさか自分と同い年の少女が空から降ってくるとは思わなかった。

目を丸くしたウォルターを、彼女――当時十二歳のクリステルは防御結界で保護し、あっという間に戦場から離脱させる。

すぐに彼女は、手際よく折れた左腕の応急処置をして、ほっとしたように小さく息をつく。

そのときになって、ようやくウォルターは彼女がびっくりするほどきれいな顔立ちをしていることに気がついた。体つきも細く華奢で、血に汚れた無骨な戦闘服などよりも、たおやかなドレスをまとっているほうが遥かに相応しいだろう。

ギーヴェ公爵家は、王国最強の剣。

その家に生まれた者は、こんなに可憐な少女でも戦場に立つのか。

感嘆とも恐怖ともつかない感情が胸に溢れ、ウォルターは言葉を失った。そんな彼に、クリステルはふわりと笑いかける。

『ご無事で、よかったです。ご挨拶が遅れました。わたしはギーヴェ公爵エドガーが長女、クリステル・ギーヴェと申します。すぐに応援がまいりますので、もうしばしお待ちくださいませ』

そう言うなり、彼女は一つにくくったチェリーブロンドの髪を翻して戦場に駆け戻っていく。

振り返ることなく、まっすぐに。

唐突に、自分でも戸惑うほどの強さで、ウォルターはクリステルが欲しくなった。

あの力強く大地を駆ける少女が、欲しくてたまらない。

ウォルターは王宮に戻るなり、今までまったく興味を抱いていなかった貴族たちの家族構成や力関係をつぶさに調べた。

ギーヴェ公爵家の子どもは三人。

跡継ぎの長男エセルバート、彼のひとつ年下に長女のクリステル。それから少し年が離れて、今年三歳になる末の次男。

女児は、クリステルだけだ。

……ギーヴェ公爵家は、王国最強の剣。

その後見を受ける者が、おそらく次代の王となる。

クリステルは文武容色ともに優（すぐ）れ、次代の王妃として相応（ふさわ）しい教養をすでに充分身につけている。

同年代の少女の中に、彼女ほどの身分と器量を持つ者は存在しない。

クリステル・ギーヴェは、次代の王妃。

それはすでに、確定している。

このとき、公爵家の現当主であるエドガーは、まだどの『国王候補』の陣営につくかを明言していなかった。

『弟たち』の母親の実家は、すでに公爵家に対し、クリステルとの縁談を申し入れているという。

王にならねば、クリステルを手に入れることは叶わない。

そう理解したとき、ウォルターは笑った。

腹の底から笑い転げた。

生まれてはじめて欲しいと思った、たったひとりの少女。

手に入れる。

自分が次代の王になれば、彼女は自ずと手に入る。

今の自分にあるのは、国王の第一子という立場、そして『弟たち』とは比べものにならないほど強い魔力だけだ。

それで、充分だった。

たった二枚のカードでも、使いどころさえ間違えなければ、最強の切り札となり得るだろう。

全力で、誰からも文句などつけられない完璧な後継者になってやる。

クリステルはギーヴェ公爵の薫陶を受け、国を率いる者としての誇りを己のものとしていると聞く。

ウォルター自身は、他人のことはどうでもいい。

だが、彼女を手に入れるための対価というなら、守ってやろう。

自惚れでもなんでもなく、自分にはそれだけの力がある。王妃となるべくして生まれた彼女の手を取るためなら、この国と民くらい守ってやってかまわない。


――それから、四年。

ウォルターは十六の年に、『建国王の再来』という仰々しい謳い文句とともに王太子の座に就いた。

クリステルとの婚約により、ギーヴェ公爵家の後見を手に入れたからだと、誰もが思っているだろう。

クリステルは、ウォルターが何を思って彼女の前に跪いたのかを知らない。

知らなくていい。

こんなにもどろどろと重苦しい感情など、彼女が知る必要はない。

ウォルターが次代の国王として相応しくある限り、クリステルは彼から離れられないのだから。


「……っやめろ、ウォル！　それ以上やったら、マジで死ぬぞ!?」

クリステルとはじめて会った日のことを思い出していたウォルターの耳に、友人の声が聞こえた。

目の前が、ひどく暗い。

自分は、何をしていたのだったか。

思い出そうとして、血のにおいに気づく。

あぁ、そうだ。

クリステルを、取り戻さないと。

彼女を、迎えに行かないと。

のろりと視線を落とした先に、元の形がわからないほど腫れ上がり、血まみれになった男の顔がある。

禁域に踏みこみ、あろうことかドラゴンと馴染みのある一角獣を捕らえた、頭の悪い強欲な貴族の顔だ。

自分のそばから、クリステルを奪った元凶。

こいつが、こいつだけが、一角獣の居場所を知っている。

ウォルターは完全に表情を失ったまま、自分の肩を掴む友人の手を引きはがした。

「邪魔をするな、カークライル。どれだけ血を流したら人間が死ぬかくらい、知っている」

「ウォル……！」

魔導剣を起動させ、床にへたりこんだ男の太ももに無造作に突き立てる。

聞き苦しい悲鳴が、辺りに響いた。

それでも眉ひとつ動かさず、ウォルターは問う。

「言え。一角獣は、どこだ。……おまえの仲間たちを全員、関節ごとに切り刻んでいけば答えるか？」

男を脅しながら、ふと考える。

なぜだろう。

（クリステル。きみがいなくなったあの日からずっと、耳の奥で雨の音がやまない）

＊　＊　＊

「……娘よ。今更ではあるが、ちょっとあの王子の友とチェンジせぬか？」

「はい？」

ドラゴンに攫われてから、一週間。

突然、彼が不思議なことを言い出した。

城のクローゼットに詰めこまれていた衣服の中から、シンプルなワンピースを選んで着替えていたクリステルは、きょとんと目を丸くする。

彼女がこの城に連れてこられた直後に、人型バージョンでウォルターたちの動きを探りにいったドラゴンは、「あの様子であれば、我が友が戻るのも時間の問題であろう」と、実にご満悦だった。

それを聞いたクリステルも、婚約者の仕事の早さを大いに喜んだ。

あれ以来ずっと人型バージョンのドラゴンは、毎日きちんと食事も風呂も用意してくれる。

このままおとなしく迎えを待つのに、なんの不自由もなかった。

……スペシャルな美声に、ときどき悶絶したくなるのは不自由には入らないだろう。

早めに解放してもらえるならありがたいが、代わりにウォルターの友人を人質にすると言われては、素直にうなずけるものではない。

そもそも、そんなことをしても互いに余計な手間がかかるだけだ。

なのになぜ、という疑問が伝わったのだろう。

人間離れした雰囲気を持つナイスガイな外見のドラゴンが、ぼそぼそと口を開く。

「いや……。よく考えてみれば、私が人間どもに奪われたのは、気の合う友だ。大切な存在ではあるが、やはり番とは違うもの。公平を期すのであれば、私もあの王子の友を奪ってくるべきだったかと思ってな」

　クリステルは、首を傾げた。

「別に、よろしいのではありませんか？　ドラゴンさまのおっしゃる通り、今更のことでございますし。それに、ウォルターさまとご友人の方々は、とても仲がよろしいんです。お互いがお互いの短所を補い合っていらして、単独でそれぞれの力を使うよりもセットで扱ったほうが、遥かにいい結果を出せるのですわ。彼らひとりひとりがお相手でしたら、わたしのほうが勝る場合もあるかもしれません。ですが、今回のようにチームワークが求められる場合には、ウォルターさまのお力になれるのはわたしよりも彼らのほうです」

　ふむ、とドラゴンがうなずく。

「たしかにな。王子が今回の一件の全権を国王から得た後、我が森に侵入した人間を追い詰める手際は、なかなか見事だったぞ」

（おぉ……！　ドラゴンさまに褒めていただきましたよ、ウォルターさま！）

　婚約者を褒められて嬉しくなったクリステルは、七輪の上でいい感じに焦げてきているおにぎりを、ころんとひっくり返した。

　この七輪は、クリステルがドラゴンに頼んで魔法で作ってもらったものだ。

正直なところ、ドラゴンが彼女の大雑把な説明だけで、ここまでクオリティの高い七輪や土鍋を再現してくれるとは思わなかった。

さすがに醤油や味噌の再現は不可能だったが、幸いこの世界にも、米と塩はある。塩むすびでも遠赤外線バッチリの炭火で焼けば、素敵に香ばしく仕上がった。

（ニッポンの酒味噌醤油に欠かせない麹さまは、そう簡単に手に入れられるものではないのですよね……。うっかり野生種の麹菌を使ってしまい、毒素まみれの食材になっては目も当てられませんから）

昔々、日本で発見された麹さまを、京都の職人さんたちが何代にもわたって大事に大事にお育てした。その結果、人体に有害な物質を生成する遺伝子をなくし、有用な物質のみを生産する形に進化したものだけがより分けられた。言ってみれば、彼らはスーパー箱入りエリートさまなのだ。

よってクリステルは、この世界で味噌や醤油に似た日本特有の発酵食品を見つけたとしても、絶対に〈解毒〉の魔法なしに手は出すまいと決めている。

「ウォルターさまもご友人のみなさまも、とても努力家ですもの。ドラゴンさまの朋友でいらっしゃる一角獣さまを、きっとすぐに見つけ出してくださいます」

一角獣が捕らえられた経緯については、前世の知識から一応知っている。だが、さすがに闇組織の間で使われている細かな符牒や、裏町や地下街の地図なんてものは記憶にない。……というか、そもそもその辺りのことは、原作ではあまり詳しく描写されていなかった。

それに、クリステルの前世は、少女漫画も読むには読むが、基本的に少年漫画が大好きなオタク女子高生だったのだ。

そのため、この世界の原作である少女漫画には、さほど萌えられなかった。

オタクの記憶力は、萌え度と比例する。

正直なところ、今回の事件についてあまり詳しいことは覚えていないのだ。

かつての自分の残念具合に、クリステルはちょっぴり遠いところを眺めた。

せっかく知っている物語の世界に転生したのに、知識チートが使えないとは、一体なんのイジメだろうか。

いや、ヒロインの精神干渉能力に気づいて婚約破棄を回避できたのだから、あまり贅沢を言ってはいけない。

そんなクリステルから、ほどよく焼き上がったおにぎりを受け取ったドラゴンが苦笑する。

「まぁ……。そちらは、さほど心配してはいないのだがな。あやつは人の間で、純潔の乙女以外には触れられぬと言われておるのだろう？　実際にはそんなことはないのだが、あんな気性の荒い者をどうやって捕らえたのか。今頃捕らえた連中も、さぞ手を焼いているだろうよ」

へ、とクリステルは目を丸くした。

このドラゴンの言いようでは、『一角獣は、純潔の乙女がお好き』というムッツリスケベ疑惑が、真実ではないように聞こえる。

ドラゴンは苦笑を深めた。

「どうも、遥か昔に人間の世で暮らしたあやつの同族が、たまたま揃って若い娘を主に選んだらしくてな。その辺の話が時の流れの間に誇張されて広まった、というところではないかな」

さらりと告げられた驚愕の事実！　と言いたいところだが、密猟者たちは一角獣を捕まえるとき、純潔の乙女をエサにしたはずだ。何せ人の間では一角獣に触れられるのが『純潔の乙女』だけだと考えられているのだから。そして実際に一角獣が人間に捕まっている以上、『一角獣は種族レベルでのムッツリスケベ』疑惑は晴れない。

（……うん。とりあえず、このお話はわたしひとりの胸に秘めて、きっちりお墓まで持っていくことにしよう）

こんなネタを迂闊にポロリして、一角獣が今以上に乱獲されては大変だ。

大陸レベルで要保護種認定されているとはいえ、密猟者というのは叩いても叩いてもわいて出てくるものなのである。

今までは、危険な幻獣狩りにか弱い乙女を連れていくことの難しさが、彼らにとってかなり高いハードルとなっていた。その問題が最初から存在しなかったと巷間に知れ渡れば、一角獣に対する密猟者の魔の手が一気に増えてしまうかもしれない。

クリステルの知る限り、一角獣は絶滅危惧種というほど個体数が少ないわけではないはずだ。

だが、姿が美しいというのは、それだけで人間たちの所有欲を刺激するものである。今後も、彼らを狙う密猟者がいなくなることはないだろう。

一角獣は、人間を捕食する幻獣ではない。

こちらを害する危険がない種族を捕らえ、檻に閉じ込めて飼い殺しにするような所業は、クリステルは大嫌いだ。そんなことを行って恥じない輩の助けになるような情報など、わざわざ提供してやるつもりはない。

そこでふと、ドラゴンが何かに気がついたように顔を上げる。

ちょうど焼きおにぎりを食べ終えたところだったクリステルは、何かあったのだろうかとその横顔を見た。

「あやつの魔力が、解放された。――ぬ？」

「どうかなさいましたか？」

ドラゴンが、少し困った顔をして振り返る。

「どうやら、捕らえられている間にかなり鬱憤がたまっていたようだな。あやつと王子の魔力が、派手にぶつかり合っている。このままでは、周囲に甚大な被害が出るぞ」

クリステルは、目と口をぱっくり開いた。

（……っ話が違あぁあああーうっっ!!）

漫画では、ウォルターに救われた一角獣が、『純潔の乙女がお好み』という設定通りにヒロインに懐いて大団円、という非常に平和的な結末だったはずだ。

そういうときに、「将来的にヒロインが嫁に行って純潔を失ったら、やっぱり一角獣はヒロインを捨てるのだろうか」などと考えてはいけない。

世の中には、『様式美』『お約束』という大変素敵な言葉がある。

（いや、そんなことを考えている場合じゃなくて！）

驚愕のあまり、わけのわからない方向に思考が飛んでしまった。

なぜ今、ウォルターと一角獣のガチンコバトルが発生しているのか。

まったく意味がわからない。

半ば以上にパニックを起こしたクリステルをよそに、ドラゴンはふむ、とうなずく。

「王子は、私との約定を果たした。——はじめに着ていた服に着替えてくるがいい。そなたを王子のもとに返してやろう」

「ああああありがとうございますーっ!!」

クリステルはダッシュでこの一週間寝起きしていた部屋に戻り、素早く制服に着替えた。

ちなみに、学園の制服は男女で多少デザインが違うものの、女子もパンツスタイルである。

かつての世界で、よく戦闘シーンがあるのに女子の制服や戦闘服がミニスカートという作品を見かけたが、あれこそ本当に意味がわからない。

美少女の下着を見て喜ぶ青少年の気持ちというのは、理解できなくもない。だが、戦闘服というのは、やはり最低限の防御機能を備えているべきだと思う。

(あんな制服や戦闘服を平気で着られるのは、露出癖のある方か傷だらけになるのがお好きな被虐趣味のある方々だけだと思います。というより、露出度の高い戦闘服は防御機能が皆無という時点で存在意義を放棄しているのですから、戦闘服を名乗っては

いけないのではないでしょうか）

少なくともクリステルは、普通にしていてもぱんつの見えそうな危機感皆無(かいむ)の緩(ゆる)い格好で、戦場に赴(おもむ)く趣味はない。

着替え終わったクリステルは、羽根つき巨大トカゲバージョンになったドラゴンの手に乗せられる。「では、行くぞ」と言われたときには世界が変わっていた。

視界いっぱいに広がる、青い空。

どうやら、屋外のかなり高いところに転移したらしい。

冷気も風も感じないところから察するに、ドラゴンがクリステルの周囲に結界を張ってくれているようだ。ありがたい。

しかし、眼下の光景を見て、クリステルは引いた。

「……おい。ディアン・ケヒト。人の王子。おまえたちは一体、何をしている？」

ディアン・ケヒトというのは、一角獣の名だろうか。

ドラゴンがどん引きした声で問うのも無理はない。

クリステルだって、ドラゴンの指の間から見えたものから、目を逸(そ)らしたくなった。

（これは、ひどい）

どうやらここは、一角獣の買い手となった貴族の所有する館のようだ。

その広大な中庭――かつては贅を尽くした庭園があったと思しき場所のあちこちに、大小さまざまなクレーターが刻まれている。

一角獣が捕らえられていたらしい豪奢な檻はひしゃげて潰れ、中庭の隅でスクラップ状態だ。

そして、中庭中央に一際大きく存在を主張しているクレーターの底で、満身創痍のウォルターが、やはり傷だらけの一角獣を踏んでいる。

クリステルはもう一度確認したが、目の前の事実は変わらない。

間違いなく、爽やかな笑顔がウリであるはずの『金髪碧眼のイケメン王子』が、『純潔の乙女の守護者である一角獣』を踏んでいる。

むしろ、全力で踏みにじっている。

(……何がどうしてこうなったのでしょうか)

たとえムッツリスケベ疑惑の絶えないイキモノであろうと、一角獣を踏むのはよくないとクリステルは思う。絵的に、非常に美しくない。

たしかに、ウォルターに対するドラゴンの要請は『仲間の一角獣を解放すること』であった。そこに『無傷で』という条件は含まれていない。

だが、なんといっても全面的に非があるのは、禁域で一角獣を狩った人間のほうだ。

ドラゴンは、クリステルを何ひとつ不自由ないよう世話してくれていたというのに、この惨状(さんじょう)はちょっと言い訳のしようがないのではなかろうか。

冷や汗が伝うのを感じつつ、いまだに危険な魔力を撒(ま)き散らしているウォルターと一角獣の周囲に、クリステルは目を向けてみる。

中庭の隅のほうでは、一角獣を捕らえていたこの屋敷の者らしき人間を、彼の側近候補の青年たちが取り押さえていた。

その中のひとり、側近候補筆頭のカークライルが、ドラゴンの手の上にいるクリステルに気がついた。

いつも涼しげに整えている彼の黒髪は乱れ、全身煤(すす)だらけの上、衣服のあちこちが裂けて、そこから血が滲(にじ)んでいる。

ほかの面々も、概(おおむ)ね似たような状態だ。

カークライルは、後ろ手に縛り上げた捕虜(ほりょ)を仲間に託(たく)すと、ウォルターにちらりと視線を向けた。

それから、〈飛翔〉の魔術を発動させてふわりとドラゴンとクリステルの前にやってくる。

クリステルは、ぐっと身構えた。

カークライルの美声が放つ攻撃力は、相当の覚悟がなければ受け止めきれないのだ。

ドラゴンの両手と同じ高さに魔力で足場を作り、そこに立ったカークライルは優雅な仕草で一礼した。

「お初にお目にかかります。自分はウォルター・アールマティ王子が麾下、カークライル・フォークワースと申します。森の王よ。我が主の婚約者をお連れくださり、誠にありがとうございます」

「……うむ。あの王子が、私との約定を果たしたのを感じたのでな。しかし——アレは一体、どうしたというのだ？　我が友も王子も、完全に理性が飛んでいるように見えるが」

ドラゴンの言う通り、ウォルターにぐりぐりと踏みにじられていた一角獣は、獰猛ないななきを上げ、強靱な後ろ肢で地面を蹴った。すさまじい土煙が巻き起こるが、首の付け根を踏みつけられているため、立ち上がることができないようだ。

クリステルから、ウォルターの表情は見えない。

だが、途切れ途切れに伝わってくる一角獣の「あァん!?　ふざけたことぬかしてんじゃねェぞ、人間のガキが!!」「誰がマヌケだ！　殺す！　てめェはぜってー殺す！」「知るかボケ、んなモンおれの知ったことか！」というわめき声から察するに、どうやらウォルターは煽り系の言葉攻めをしているらしい。

……ウォルターの美声による、言葉攻め。

何そのご褒美、とクリステルはあやうく悶えそうになった。

そんな彼女の内心には気づかず、カークライルが、ひどく言いにくそうに口を開く。

「その……。先ほど一角獣殿を保護した際、錯乱した不心得者どもが檻の鍵を破壊してしまいまして。仕方なく、我が主が檻を破壊したのですが――」

ごにょ、と言葉を濁した彼の代わりに、ドラゴンが低い声でぼそっと言う。

「我が友が、王子にケンカを売ったのだな？」

「……力比べを、申し込まれました」

『純潔の乙女の守護者』は、意外とケンカっ早かった。

自分が封じられていた檻をあっさり破壊してみせたウォルターに対し、一角獣の負けん気が刺激されたらしい。

幻獣の魔力を削ぐ檻にさえ閉じこめられていなければ、人間の若者如きに自分が後れを取るはずがないと、申し出を断ろうとするウォルターに問答無用で襲いかかってきたのだという。

檻から解き放たれた一角獣の力は、すさまじかった。

ウォルターひとりでは、とても取り押さえることはできない。かと言って、ドラゴンとの取引を考えれば、カークライルたちが加勢するわけにもいかなかった。

「それで、我が主が単身で一角獣殿のお相手をさせていただいていたのですが、このところ、主はろくに睡眠を取っておらず……。次第に様子がおかしくなってまいりまして」

最初は相手に傷をつけないよう、ウォルターは攻撃らしい攻撃をしていなかった。けれど、まるで言葉の通じない一角獣に対し、静かにキレていったという。

彼は突進してきた相手の角を掴むとその勢いのまま振り回し、なんの遠慮もなく地面に叩きつけたそうだ。

一角獣自身が放出していた魔力と相俟って、すさまじい地響きとともに最初のクレーターが刻まれた。そしてもうもうと立ち込める煙の中、ウォルターは一角獣を睨みつけた。

「――『そもそも、おまえが愚かな密猟者ごときに捕らえられなければ、このようなことにはならなかった。おまえのばかばかしい失態のせいで、ドラゴン殿や我々がどれほど迷惑を被ったと思っている。少しはものを考えてから行動しろ、この駄馬が！』とおっしゃるなり、一角獣殿と手加減無用の戦闘モードに入ってしまったのです」

カークライルがどんよりと落ちこんだ様子で言う。ドラゴンは「ぬぅ」とも「むぐ」

ともつかない声をこぼしてうなだれた。

なんとも、フォローのしようがない。

密猟者の行動が約定違反なのは紛れもない事実だし、それに関してはこちらがひたすら頭を下げるべきだ。

とはいえ、今回の件に関しては、一角獣にも多少の落ち度があったように思う。

クリステルは、素朴な疑問を口にした。

「あの、カークライルさま。一角獣さまは、ウォルターさまに力比べを申し込むほどのお力があるなら、なぜ密猟者などに捕らえられてしまったのでしょう?」

『純潔の乙女』をエサにしたのだとしても、あのガラの悪さでは、一角獣を檻に入れるのはそう容易ではないはずだ。

捕らえた密猟者たちから何か聞いていないのかと問えば、カークライルがクリステルから微妙に視線を逸らす。

「連中が乗っていた馬の中に、若い牝馬がいたそうです。その牝馬は繁殖期ではなかったため、近づいてきた一角獣殿をいやがって蹴り倒してしまい……。彼が目を回している隙に魔力を封じて檻に入れるのは、至極簡単な仕事だったと連中は証言しておりました」

一角獣を虜にしたのは、たしかに若く美しい乙女だったようだ。

たとえ馬でも、乙女は乙女。

好みの美女を見つけるなりすぐにナンパに走るあたり、あの一角獣はムッツリスケべではなく、ただ己の本能に忠実なスケべ馬——もとい、ごく普通の牡馬なのだろう。

（その牝馬が発情期だったなら、素敵なラブロマンスが花開いていたかもしれませんね……）

一角獣と普通の馬が交配できるのかどうかは知らないが、ここは人間のヒロインがドラゴンを籠絡できる世界だ。角の有無以外は同じ形態をしている両者であれば、二世を望むことも不可能ではないのだろう。

残念ながら、発情期ではない牝馬は牡馬に対して非常に手厳しい反応をするため、一角獣の恋は儚く散ってしまったようだが。

そっとため息をついたクリステルは、ドラゴンを見上げた。

「ドラゴンさま。一角獣さまもウォルターさまも、大変お疲れのはずです。ウォルターさまにはわたしが話しますので、一角獣さまの説得をお願いできませんでしょうか？」

ウォルターは寝不足だというし、一角獣もずっと檻の中にいたなら、さぞ疲れがたまっているはずだ。

男同士の勝負に水を差すのは無粋だと承知しているが、どうせならばお互いに万全の体調で臨んだほうがいいだろう。

ドラゴンは、少し考えるようにしてから口を開いた。

「……ああなった我が友には、何を言っても無駄だ。あやつが暴れそうになったら、私が責任を持って押さえよう。そなたは、早く王子を正気に戻してやるといい」

何かをあきらめたような口調に、妙に哀愁が漂っている。

どうやらあの一角獣は、脳まで筋肉でできているような、非常に短絡的なタイプであるらしい。

「ありがとうございます、ドラゴンさま。――それから、申し訳ありません。少々手荒なことをいたしますので、あらかじめお詫びさせていただきます」

ドラゴンが何か言うより先に、クリステルは彼の手のひらをとんと蹴った。

同時に、愛用の魔導剣を起動。

真上から、ふわりとウォルターと一角獣の傍らに舞い降りる。

「ウォルターさま。クリステル・ギーヴェ、ただいま帰還いたしました。このたびはわたしの不徳の致すところにより、ウォルターさま方には多大なるご迷惑をおかけしてしまい、大変申し訳ございません！」

暴れる一角獣の鼻先に魔導剣を突き立て、クリステルはウォルターの前に跪いた。

一角獣が硬直し、ウォルターが短く息を吞む。

キレた野郎同士のケンカを止めようと思えば、力ずくで双方を蹴りはがすのが一番だ。

しかし残念ながら、今回のケンカの当事者は、両者ともにクリステルが蹴りを入れるわけにはいかない相手である。

彼女は、一角獣がこれ以上暴れられないように牽制した上で、まだ話の通じそうなウォルターの理性に訴えた。

（言葉攻めができる程度の理性が残っているのでしたら、さすがに問答無用で爆裂魔法をぶつけられることはない……と信じたいところです。一発どつかれるか蹴り飛ばされるくらいでしたら、甘んじて受けさせていただきます。どうかまずは、一角獣さまを攻撃対象から外してくださいませ……！）

とりあえず、ウォルターの興味が引ければ御の字、と思いながらじっと相手の反応を待つ。

「……クリステル？」

まるで毒気のない声とともに、ウォルターの膝が地面に落ちた。

辺り一面に充満していた魔力の渦が緩む。

どうやら、彼の戦闘モードは無事に解除されたらしい。

ケンカの邪魔だと言われて吹っ飛ばされなくてよかった、とクリステルは密かに安堵した。

大きく息を吸い込むと、血のにおいがふわりと濃くなる。

「きみは、いつも空から降ってくるね」

突然、ウォルターに抱きしめられる。

まるで、クリステルがここにいることを確かめるように、彼は縋りつく。

「俺は……きみを、追いかけてばかりだ」

「ウォルターさま……」

言われた言葉の意味は、クリステルにはよくわからなかった。

ようやく母親を見つけた迷子のように、ウォルターの声は揺れている。クリステルは、彼が自分をひどく案じてくれていたのを感じた。

それはたぶん、婚約者としての義務とは関係なく、本当に彼自身の気持ちなのだろう。

(ごめんなさい、ウォルターさま)

こんなにも、心配させてしまった。

クリステルと違い、ドラゴンのことを何も知らないウォルターにとって、この数日間はとてつもない恐怖だったはずだ。

いくらドラゴンが嘘をつかない幻獣であっても、彼はほんの気まぐれで簡単にクリステルを傷つけることができるのだから。

彼女がそっと彼の背中に手を回そうとしたとき、ウォルターの足から解放された一角獣が、すかさず身を起こした。

「……っケンカの最中に、女といちゃつくとはどういう了見だ！　このガキ――ッ」

蹄に蹴り立てられた土埃が、激しく舞い上がる。

「いい加減にしろ、ディアン・ケヒト」

勢いよく立ち上がった一角獣の角を、いつの間にか人型になっていたドラゴンがわしっと掴む。

「聞けば、おまえは随分と無様な捕らえられ方をしたそうではないか。なんと情けない。おまけに、囚われの身から解放してくれた王子にいきなりケンカを売るとは、道理にもとろう」

「やかましいッ！　おれは――はぅあっ⁉」

一角獣が、突然素っ頓狂な悲鳴を上げる。

何事か、とクリステルが目を向けると、「あ、しまった」という顔でドラゴンが一角獣の角を持っていた。

——角だけを。

なんとも言いがたい沈黙ののち、ドラゴンが生真面目(きまじめ)な表情を保ったまま口を開く。

「すまん。悪気はなかった」

角をなくした一角獣は、ただの馬だった。

「おれの……っ、おれの角おぉおおおぉおーっっ!!」

憐(あわ)れな馬のいななきが、荒れ果てた中庭にこだまする。

さすがにちょっと、可哀想になった。


一角獣の角がどんな傷も病(やまい)も癒(いや)すという伝承は、少々誇張(こちょう)された表現らしい。

たしかに一角獣は幻獣の中で、唯一〈治癒〉という力を持っている。けれど、欠損した部位を再生する能力はないし、すでに回復しようもないほど命の力が失われている者には、何もできないそうだ。

とはいえ、今回の一件でぼろぼろになったウォルターたちを完全回復させる程度であれば、まったく問題なかった。

一角獣の角で体にぽんぽんと触れ、ウォルターたちの傷を癒(いや)してくれたのは、黒髪の人間たちの治療を一通り終えた彼は、中庭の隅でいじけてちっちゃくなっている白馬──もとい、一角獣だったイキモノをその角でつついた。

「おい。いつまでふてくされているのだ？　おまえの角など、どうせまた生えてくるではないか」

（あ、生えるのですか）

クリステルは驚いたが、考えてみれば鹿の角は毎年生え変わる。似たような姿をしている一角獣の角が生え変わっても、別段不思議ではないかもしれない。

……ただちょっと、レア感が薄れた気はする。

一角獣だったイキモノは、のろりと振り返ると恨みがましい目でドラゴンを睨みつけた。

「おれは角がねーと、ほとんど魔力を使えなくなるんだぞ。今森に帰ったら、速攻でその辺のザコに食われて終了だってわかってんのか？」

「……おお？」

ドラゴンが、あからさまに「そういえばそうだった」という顔になる。

（あの、ドラゴンさま……。なんだかお友達の扱いが、とっても雑です）

彼にとって一角獣は、クリステルを人質にしてでも取り戻したい、大切な友達だったのではないのだろうか。

この一週間、おそらく国中の誰よりも必死に働いていただろうウォルターたちも、微妙な表情になっている。

ドラゴンが一角獣の角を眺めながら首を傾げたあと、クリステルを振り返った。

「娘よ。こやつは角がなくとも、普通の馬より遥かに力が強く足も速い。角が元通りになるまで、そなたのそばに置いてやってはくれまいか？」

「え、いやです」

クリステルはノーと言えない日本人ではなく、断じて譲れないものを持つ公爵令嬢だ。

反射的に断った途端、なんともいえない沈黙が落ちる。

真っ先にくわっと噛みついてきたのは、ほんの少し前まで一角獣だったイキモノ。

「つんだと、このメスガキ!?　おれのどこが不満だってんだ!?」

まず、そのケンカっ早くガラの悪いところがとっても不満だ。

だがそれ以前に、彼の身柄をクリステルが引き受けるのは大問題なのである。

「申し訳ありません。ですが、我々人間の社会で一角獣さまが『純潔の乙女の守護者』

と呼ばれ、珍重されていることはご存じでしょうか？」

「あぁん？　それがどうした？」

一角獣だったイキモノは、自分の種族が『純潔の乙女の守護者』などという小っ恥ずかしい二つ名持ちだという点は、まったく気にならないようだ。なんという図太い神経だろうか。剣呑な目つきで、クリステルを睨んでくる。

厳かな口調で、クリステルは続けた。

「一角獣さまをわたしがお預かりすることになった場合、ご満足いただけるお世話のためには、周囲の者たちにあなたさまの種族名を明かさないわけにはまいりません。――一応確認させていただきますが、一角獣さまの角が元通りになるには、一体どれほどの時間が必要なのでしょう？」

「あー……。元通りになるには、ちょっとわかんねェな。でも、最低限の魔力が使えるようになる程度なら、一年もあれば充分だぜ？」

首を捻りながら答えた一角獣だったイキモノに、クリステルはそうですか、とうなずいた。

「仮に一年後、魔力を取り戻した一角獣さまがわたしのもとを去った場合、わたしは周囲から『純潔の乙女の守護者』に去られたと――つまり、ウォルターさまと婚前交渉があったに違いないと、周囲から囁かれることになるのです」

ウォルターと側近候補たちが、ごふっと噴き出す。

一方、ドラゴンと一角獣だったイキモノは揃ってそれがどうした、という顔をしている。

種族間の意識格差の壁が、高い。

クリステルは、根気よく話を続けた。

「お二方には馴染みのない感覚かもしれませんが、それはわたしにとって大変な不名誉なのです。そういうわけですので、せっかくのご指名ではございますが、一角獣さまのお世話を承るわけにはまいりません」

ドラゴンが困ったように眉を下げる。

「そなたならば、安心してこやつを任せられると思ったのだが……」

しょんぼりした低音の美声に、クリステルは危うく「喜んでー！」と応じそうになった。

（……くっ、なんという攻撃力……！）

「なぁ。角が生えたあとも、ちょくちょくおまえのとこに遊びに行くってことにすりゃあ、どうだ？」

一角獣だったイキモノが、上目遣いに見つめてくる。

ドラゴンのお墨付きをもらったクリステルに、一年間ひっついていようという魂胆だろうか。

なんという素早い手のひら返し。実にあざとい。

「一角獣さまのわたしへの訪問が習慣化し、うっかり結婚後にまでそれを続けられてしまいますと、今度はウォルターさまの不名誉に繋がります」

幻獣たちが、きょとんとする。クリステルはイラッとした。

たとえ種族は違っても、両者ともに立派なオスであるはずなのにどうしてこれほど鈍いのか。

にこりと笑って、穏やかに問う。

「お二方にとって、周囲のお仲間たちから『不能』という噂を立てられるのは、不名誉ではありませんの？」

ドラゴンが固まった。

一角獣だったイキモノは「誰が不能だゴラァー！」とキレる。

鬱陶しい上に、沸点が低すぎだ。嘆かわしい。

「いずれにせよ、一角獣さまが人々から『純潔の乙女の守護者』と認識されている以上、人間社会で受け入れるのは大変困難なのです。どうしても、とおっしゃるのでしたら――

そうですわね。ウォルターさまの使役獣として、わたしたちの通う学園でお世話させていただくという形であれば、なんとかなるかもしれません」

力の強い魔術師であれば、幻獣と契約を交わして自らの使役獣にできる。

一角獣は国法で狩ることも使役にすることも禁止されてはいるが、角を失った個体の保護のためであれば、特例として認めてもらうのは不可能ではないだろう。

そして、この場で一角獣と契約できるレベルの魔力を持っているのは、王族であるウォルターだけだ。

しかし、一角獣だったイキモノはくわっと目を見開いてわめいた。

「冗談じゃねー！　こんっっな性格の悪いガキに使役されるなんざ、死んでもごめんだ！」

豊かなたてがみを、ぶわりと逆立てるほどのいやがりようである。

どうやらウォルターは彼に対し、相当えげつない言葉攻めをしたらしい。

一体どんな声で何を言ったのか、ちょっと聞いてみたかった。

いきり立つ仲間を、ドラゴンが見下ろす。

「しかし、森に戻れぬ以上は仕方がないではないか。私の城に来るというなら、それでも構わぬが……。おまえは一年もの間、城に閉じこもっていられるのか？」

「無理！　蹄(ひづめ)がカビる！」

（カビるのですか）

水虫のようなものだろうか。それは気の毒だ。

ドラゴンが、ますます困った顔になる。

「あまり、わがままを言うでない」

「……っ、おれの角を折った張本人が、他人事みたいに言ってんじゃねぇぇぇえーっっ!!」

一角獣だったイキモノの言い分はもっともなのだが、そもそも彼がウォルターにケンカをふっかけたりしなければこんなことにはならなかった。あまり同情できない。

さてどうしたものかと思っていると、ウォルターの側近候補のひとりであるネイト・ディケンズが右手を上げた。

彼らの中で最も体格がよく、落ち着いた思慮深い性格をしている青年だ。

（いつでもよろしくてよ、ネイトさま！）

クリステルは、彼の美声に耐えるため、密（ひそ）かに拳（こぶし）を握りしめた。何しろ、寡黙な彼の淡々とした響きの声は、右手を知的生命体に食われたために、血まみれの人生を送る羽目になった高校生キャラと同じ声。

発言の許可を求めるネイトに、ウォルターが視線を向ける。

HAGE

「なんだ？　ネイト」

「はい、殿下。思ったのですが……今の一角獣殿は、黙っていてさえいただければ、少々額がハゲている普通の馬に見えるのではありませんか？」

身も蓋もないことをズバンと言う。

クリステルは、ちょっぴり気が抜けた。

（あぁ……。そういえば、ネイトさまはこういう方でしたわね）

このところ、彼女の萌えを刺激しまくる美声に翻弄されてばかりですっかり失念していたが、彼らの価値は断じてその声だけではない。

ネイトは、ギーヴェ公爵家とも近しい武門貴族の後継だ。

幼い頃から質実剛健の精神を叩きこまれ、ほかの人間が思っていてもなかなか言えないことを、しっかり指摘してくれる。

一角獣だったイキモノが、ふらりとよろめいた。

「ハ……ハゲ……？」

力なくつぶやいた彼の額に、その場にいた者たちすべての視線が集中する。

多少表面がでこぼこしているが、たしかにそこだけ毛が生えなくなった傷痕のように見えなくもない。

ネイトは淡々と続ける。

「殿下の使役獣として我が国の庇護下に入られるのはおいや、ドラゴン殿の居城で暮らされるのもおいやということであれば、仕方がありません。ただのハゲた馬として王室所有の牧場で一年を過ごしていただくのが、一番問題がないかと思います」

整然と言葉を紡ぐネイトを、クリステルは若干微妙な気分で見た。

彼の言うことは正しい。まったくもって、正しいのだが――

（あの……ネイトさま。そうやって、いちいちハゲを強調する必要はあるのでしょうか……？）

一角獣だったイキモノが、先ほどまでの勢いはどこへやら、すっかり意気消沈している。角の折れた痕をハゲ呼ばわりされたのが、相当ショックだったらしい。

一方、本体がつるつるぴかぴかの鱗装備であるためか、ハゲの恐怖とはまったく無縁そうなドラゴンは、至極納得したように言った。

「あぁ、その通りだな。王室が管理する牧場であれば、そうそう厄介な敵も出ぬだろう」

ウォルターがうなずく。

「はい。幻獣対策は万全です。敷地内には、かなり広い森もあります。そちらに身を寄せていただければ、一角獣殿にいずれ角が生えてきても余人に見つかる恐れはありません」

にこやかに告げられた言葉に、ドラゴンはほっとしたようにほほえんだ。

「そうか。……こたびは、却(かえ)ってそなたらに迷惑をかけてしまったな。すまない」

「いいえ。ドラゴン殿が一角獣殿を止めてくださらなければ、自分は何をしていたかわかりませんから」

ウォルターも、やんわりと応じる。

……もしあのとき、ドラゴンが一角獣の角を掴(つか)んで止めてくれなければ、ウォルターは一体何をしでかしていたのだろう。

ちょっぴり気になったが、深くツッコんではいけない気がする。クリステルは沈黙を保った。

何はともあれ、頭の悪い貴族と密猟者たちが禁域に侵入した件については、これで手打ちにしてもらえたらしい。

ほっと息をついたクリステルは、晴れ渡った空を見上げた。

(これからも、『物語』通りに事件が起こるのだとしたら……。ええと、ヒロインが結婚詐欺師のヴァンパイアにナンパされて、ウォルターさまとの甘酸(あまず)っぱくも危険な三角関係――は、起こりようがありませんわね？　ヒロインが彼らに向かって「やめて、ふたりとも！　あたしのために争わないで！」と叫ぶシーンには、腹筋が鍛えられるほど笑った記憶があるのですけれど……）

そのあともいろいろとあった気がするが、今のところ思い出せる最大のエピソードはこれだ。

しかし、ドラゴンと一角獣の話がこれほどおかしな形で収まった以上、今後も記憶の中の『物語』がそのまま起きるとは考えないほうがいいだろう。

（結局、なるようにしかならない、ってことよね）

そもそも、『前世の記憶のおかげで、未来のことがわかる』というのがおかしな話なのだ。クリステル自身もウォルターたちも、『物語に出てくる登場人物』などではない。

自分たちは、今この世界を生きているただの人間だ。

だったら、曖昧な前世の記憶に頼ったりせず、しっかりと現在を見つめて自分の意思で前に進んでいくべきだろう。

とりあえず、今は――

「……おれは、ハゲじゃない」

どんよりと落ちこんでいる一角獣だったイキモノを、どうやって目立たないように王室所有の牧場まで連れていくかを考えなければなるまい。

クリスティルは、ドラゴンを見上げた。

「ドラゴンさまに、〈空間転移〉で一角獣さまを牧場までお連れいただくわけにはまいりませんか？」

「すまんな。私は、自分が行ったことのある場所か、知った魔力の持ち主のいる場所にしか移動できんのだ」

やはり人生というのは、そう簡単に楽はできないようだ。

無念。

第二章　プリンは、正義です

クリステルは学園に戻った。当初は学友たちに心配されたり、ドラゴンの話をねだられたりと忙しかったが、次第に日常に戻りつつある。

あのあと、王室所有の牧場に運ばれた一角獣だったイキモノは「なんっだここは!?　野郎ばっかじゃねーか!」と反省のかけらもないことをわめいた。

なぜあんなにキレやすい性格の彼が、素晴らしい気遣いのできる穏やかな性格のドラゴンと友人関係にあるのか、まったく理解に苦しむ。

それにしても、一角獣だったイキモノは、きちんと血統管理をされた牧場の馬たちが、雄雌(おすめす)一緒に放牧されているとでも思っていたのだろうか。

どうやら彼は、種牡馬(しゅぼば)となれるのがどれほど過酷な競争を勝ち抜いたスーパーエリートなのかを知らなかったとみえる。

ナンパがしたいなら、角が元通りに生え(は)えてから自分の森でするがよろしい。

彼の静養場所に選ばれた牧場には、若い牡馬(ぼば)しかいない。さながら全寮制男子校だ。

全寮制男子校という響きは、大変美味しいと思う。

そこまで考え、クリステルは自分の思考がズレてきていることに気づいた。

(ドラゴンさまと一角獣さまについては、当座の問題はクリアできましたけれど……。問題は、ヒロインをナンパする結婚詐欺師のヴァンパイアですわよね)

ヴァンパイアの獲物は、人間だ。

もっとも、『原作』に出てくるこの個体については少々特殊なパターンなので、人間が襲撃される危険性はかなり低い。

何しろ『原作』のストーリーは、乙女ちっくな恋愛をメインとしている。そのため、ヴァンパイアといっても、その耽美なイメージだけが強調されていた。

一応、その強さや魔力の危険性を描写するシーンはあったような気もするが……

(うん。覚えていませんわ)

それは血湧き肉躍る少年漫画とは、比べものにならないほどヌルい表現でしかなかった。そのせいで、あまりはっきりと記憶に残っていない。

カッコいい戦闘シーンが入っていれば、きっともう少ししっかりと覚えていたはずなのに、残念だ。

とはいえ、もし今後国内でヴァンパイアが大量発生したら、由々しき事態である。人間の血を吸うという特性に加えて、膨大な魔力を有するという彼らは危険極まりない化け物なのだ。

万が一の事態に備（そな）え、今のうちにきちんと蚊取り線香を用意――ではなく、ヴァンパイア対策に関する資料を改めて読み込んでおこう、とクリステルはため息をついた。


クリステルたちが在籍している学園は、共学だ。入学から三年間、一般教養と基礎魔術、魔術師同士の連携や集団行動を学ぶ基礎学部と、その上の高等学部で構成されている。

四年制の高等学部への進学は、義務ではない。

また、すべての学費等が国庫で賄（まかな）われる基礎学部とは違い、高等学部へ進むにはそれなりの学費が必要だ。

とはいえ、優秀な学生に対する奨学制度も充実しているため、学習意欲のある者には広く門戸（もんこ）が開かれている。

現在、基礎学部最終学年のクリステルは、卒業後は高等学部に進学予定だ。そして、高等学部修了と同時にウォルターと結婚、王宮で王太子妃として公務に就（つ）く――はずである。

（ヒロインがすでに退場した以上、今更ウォルターさまとの結婚が白紙になるとは思っていないのですけれど。……ただちょっと、王妃さまが「子どもは、天からの授かり物です。しかし、子を授かるための機会が多ければ多いほど、その確率が高いのもまた事実なのですよ?」というご助言をくださったとき、まったく目が笑っていらっしゃらなかったのが怖かっただけで)

現王妃は子に恵まれなかったが、国内外で賢妃として名高い立派な女性だ。

ウォルターとの仲も良好で、彼が立太子してからは『母上』という呼称を許している。

クリステルがウォルターと婚約したのは、ふたりが十六歳になった春のことだ。

正直なところ、クリステルは自分が彼と婚約することになるとは思っていなかった。

王宮内のさまざまな情勢や、王子たちの実家同士の力関係を考えれば、ウォルターが王太子の座に就く確率は非常に低かったのだ。

クリステルは、自分が嫁ぐ相手が『次代の国王』であることを知っていた。

王子たちの誰が王になろうが関係なく、『次代の王妃』として、己自身を磨き続けてきたのだ。

ただ、王宮でのパワーゲームを勝ち抜き、『ギーヴェ公爵家の娘』である自分の前に跪いたウォルターに、クリステルは心から感嘆した。

不利な状況を覆し、自らの力だけで王太子の座を手に入れてみせた彼ならば、今まで自分が身につけてきたすべてを捧げても惜しくない。

彼が、自分の王だ。

そう素直に思えたから――ウォルターがそう思わせてくれたから、クリステルは今も迷わず自分の前にある王妃の座へ続く道を歩くことができている。

そんなウォルターとの婚約以来、先達である王妃に、何度も茶会に招かれた。

戦時には戦装束をまとい自ら部下を率いる彼女は、非常に凛とした風情の、しなやかな強さを持つ人だ。幼い頃から王妃の強さと美しさに憧れていたクリステルは、彼女と過ごす時間をいつも楽しみにしている。

王妃の位に就いた彼女が子を得られなかったというのは、相当辛いことだというのは理解していた。

だから、彼女がいずれ王妃となるクリステルに親身になって助言をしてくれるのは、ありがたいばかりなのだが……

（……王妃さま。国で最も尊い女性がファイティングポーズをきめながら「今どき、婚前交渉なんて珍しくもありませんわ！　学生結婚、よろしいではありませんか。嫁いでから周囲の『後継者はまだですかいのう』攻撃を受け続けるくらいなら、若いうちにさっさと何人か生んでしまったほうが、ずっと楽だと思いましてよ？」とおっしゃるの

は、さすがにいかがなものかと思います）

これぱっかりは、クリステルの一存でどうこうできる問題ではないので、先送りにさせていただきたい。

何より結婚後は公務三昧が確定している自分たちにとって、学生時代というのは、最後の自由な時間なのだ。

いずれはじまる『おはようからおやすみまで公務です』という毎日を悔いなく送るためにも、ぜひとも今を堪能しておきたい。

クリステルは、学園生活を楽しむためにもヴァンパイアとはかかわり合いになりたくないな、と思った。

そして現在、クリステルが全力で堪能しているのが、昼食をはじめとする食事関係であった。

日本で描かれた漫画の世界だからなのか、それとも別の理由があるのかはわからないけれど、この学園の食べ物はとにかく美味しい。

異論は認めるが、日本人は味覚に関して、世界一鋭い感覚を持っていると思う。

甘い、苦い、酸っぱい、しょっぱい。

それに『うまみ』を加えた五種類が人間が認識できる味覚なのだと、どこかで聞いた。

しかし、味だけでなく、『食感』というのが、食べ物を美味しくいただく上で、とっても大事な要素なのではないだろうかと思う。

それは、ある日の食堂でのこと。

クリステルは食事の最後に、デザートとして添えられていたプリンに手を伸ばした。

プリンと一口に言っても、どんなものを想像するかは人それぞれだろう。

焼きプリン、蒸しプリン、カスタードに近いとろけるタイプからしっかりとした弾力を持つもの。

フレーバーにも、無限のバリエーションがある。

バニラ、チョコレート、コーヒー、紅茶に抹茶、胡麻、砂糖煮のフルーツ、あるいは野菜、芋類、各種スパイス。

カラメルだって、あまり焦がしていないさっぱりしたものから、じっくりと濃い色に煮詰めたものまで個性が尽きない。カラメルをゼリー状にしているものや、別途ソースとして添えているものだって見たことがある。

けれどプリンの命は、その『トゥルン』とした食感にあると思う。

そして、クリステルが学園に戻って数日後に食堂で食べたプリンは、最高だった。

衝撃のあまり、一瞬硬直したほどだ。その場はすぐに我に返って友人たちとの会話を続けたが、本当は机を叩いて悶絶（もんぜつ）したかった。

どこまでもなめらかな舌触り、スプーンの上では形を保っているのに口に入れた瞬間とろりととろけるそれに、クリステルはとっても幸福な気持ちになった。

彼女は『とろとろクリームタイプ』も『どっしりしっかりタイプ』も、分け隔（へだ）てなく愛している。

しかし、食堂のプリンの食感は、そんな派閥を超越する何かがあった。

卵料理は、調理時の温度管理がすべてを決する。

そして各種料理にとって最適な温度は、それぞれまったく異なるのだ。

加えた水分量によって変化するその温度を知らなければ、オムレツだってスクランブルエッグだって、ボソボソとしたよろしくない食感まっしぐら。ゆで卵や目玉焼きも、加熱時間ひとつで仕上がりに差が出てしまう。

ちなみにクリステルは、ゆで卵は半熟派だ。この世界の養鶏（ようけい）技術が、生で卵を食べられるレベルにまで発達してくれていたことに、心から感謝したいと思う。

それはそれとして、プリンである。

学園の食堂でデザートのプリンを一口食べた瞬間、クリステルの頭の中に怒濤（どとう）のように蘇(よみがえ)った記憶。

どうやら前世の自分は、オタクであると同時に相当なプリンスキーだったようだ。

コンビニのプリン系統はもれなくチェックし、容器から簡単に皿に出せるタイプのプリンを心から愛していた。

非常に残念なことに、現在のクリステルは生粋(きっすい)の公爵令嬢である。食事を作るのは料理人の仕事だ。

いかにプリン道を極めたいと思っていても、実際に厨房(ちゅうぼう)の調理器具に触ったこともない。

調理器具を扱った唯一の経験といえば、先日ドラゴンに誘拐された際、彼に頼んで作ってもらった七輪(しちりん)と土鍋、それに箸(はし)。

一瞬、あのときの土鍋を使ってプリンを作ってみようかと考えたものの、材料の細かい分量比率や加熱時間、火加減などが思い出せず、あきらめた。

そもそも、身近にこれほど美味(おい)しいプリンを提供してくれる料理人が存在しているのだ。ちょっと前世の知識があるだけの素人(しろうと)が、下手の横好きで手を出すこともないだろう。

クリステルはプリンにショックを受けて以来、美声万歳のオタク魂(だましい)だけでなく、飽くなき食への探究心までも思い出した。

その結果、以前は美味しいの一言で済ませていた毎日の食事にいちいち感激し、密かにぐっと親指を立てて楽しむようになったのである。

食堂で出されるちょっとしたサラダの野菜も、実に味が濃い。

トマトはおそらく、赤くなるまでもぎとらず、枝で熟させているのだろう。

可愛らしいベビーリーフは、色彩の美しさがもはや芸術品だ。

肉類はどれも脂っこくなく、それでいてしっとりとした柔らかさとほどよい歯ごたえが、実に素晴らしい。

そういったかなりの品種改良が施されたと思われる家畜の肉だけでなく、野趣溢れるジビエ系まで充実している。

魚介に関しては、刺身の類いはさすがにないものの、それ以外の調理方法は多種多様。

乳加工品もフレッシュバターに発酵バター、各種チーズとなんでもござれだ。

それらをふんだんに使用したお菓子の種類は、実に豊富だった。

（美味しい食べ物というのは、一瞬で人を幸福にしてくれると思います。いずれ国政に参加するときがきたなら、食文化の向上による国民幸福度の拡充に、全力で取り組ませていただきますとも……！）

いつかはこの国にも『いただきます』『ごちそうさまでした』の習慣を根付かせたい

ものだ。

　そんなことを考えていたある日。

　学園の中で、主に平民出身の学生たちが集う生活魔術科主催のイベントが行われることになった。

　彼らはクリステル達が在籍している体育会系――もとい、実践的な戦闘訓練を含む幻獣対策科とは異なり、魔術の平和的、家庭的活用術を学んでいる。

　そのイベントは課外授業の一環として定期的に開催されるもので、生徒たちが考案した新しい生活魔導具と、それらを使用して作った料理やお菓子が披露されるのだ。

　これはぜひ参加せねば、と思ったクリステルは、友人のセリーナ・アマルフィとステファニー・ディグンに声をかけた。

　セリーナのとろけるようなフェアリーボイスは、単独でもうっとりと聞きほれるほど美しい。だがステファニーの声とて、凛とした女王さまボイス。幕末の物語にＳＦが融合した少年漫画に登場する、ツッコミ眼鏡のお姉さまの声だ。そんなステファニーとセリーナのおしゃべりは、まさに天使の戯れである。断じて異論は認めない。彼女たちと話すたびに、口元が緩みそうになる。

　しかし、大切な友人たちの前でオタク魂全開の萌えっぷりを披露しては、どん引きされるどころの騒ぎではなくなる。

クリステルのお嬢さまスキルは、以前よりも遥かにパワーアップしていた。

（ふ……ふふふ、前向きに考えるのよ、クリステル。普段からこれだけ精神修養を重ねていけば、将来的にはきっと完全無欠の表情筋と鉄の心臓を手に入れられるはず。今は……今は、ただひたすら堪え忍ぶのみ……！）

素敵な美少女ボイスというのは、男性声優の腰にくる美声とはまた違ったベクトルで、オタク魂を深く鋭く抉ってくるものだと思う。

それはともかく、生活魔術科の生徒たちが今回用意したのは、縦一メートル横二メートルばかりの分厚い金属板だった。

祭りなどで、一度に大量の食材を調理するために使われる鉄板の魔導具バージョン、といえばいいだろうか。

設定次第でどんな温度もお望み通り、しかも焼きムラ焦げ付きは一切なしという優れもの。

彼らは五枚用意した金属板の上でクレープやパンケーキを焼き、これまた巨大な鍋に入ったスープを温めた。かと思えば、氷点下に設定した板に金属製の容器と攪拌機を据え付け、何種類ものアイスクリームを作ったりしている。

もはや、ちょっとした学園祭のノリだ。

クリステルは、ふたりの友人と、それらを見て回る。

実に楽しい。そして美味しい。

ストロベリーフレーバーのアイスクリームを手にしたセリーナが、嬉しそうにほほえむ。

彼女は、柔らかく巻いた栗毛と若葉色の瞳を持つ、あどけない顔立ちの美少女だ。

ただし、魔術戦闘実技の訓練では、自分の身長ほどもある魔導剣をド迫力で振り回す剣豪だ。

「いつものことながら、生活魔術科のみなさまは、とても素敵なものを用意してくださいますわね」

ええ、とうなずいたステファニーは、クセのない金髪に淡い水色の瞳をした知的美少女。彼女も優秀な戦闘タイプの魔術師である。

彼女のほっそりとした白い手が、岩をも簡単に貫く槍を振るうところなど、実際に目にしなければ想像もできないだろう。

「学園に入学したばかりの頃は、外で立ったままお菓子をいただくなんてとんでもない、と驚いたものですけれど……。今は、卒業したらこの楽しみからも離れてしまうかと思うと、残念でたまりません」

ステファニーの言葉に、クリステルとセリーナは心の底から同意した。

今回、生活魔術科の学生たちが用意した金属板は、おそらく必要な魔術式をすべて組みこんだらあの巨大さになってしまった、というものだ。

そのままでも充分に実用性はあるものの、家庭用サイズまで小型化するには、まだまだ研鑽が必要だろう。

学園を卒業したら、ああいった発展途上の魔道具にお目にかかることもなくなる。

クリステルは、ふふっと笑った。

「プライベートな集まりでしたら、多少の不作法は許されると思いますわ。それに、幻獣討伐の行軍中でしたら、地面に座って携帯食料をいただくのはごく当たり前のことでしょう？　最近の携帯食料は、随分美味しくなってきておりますもの。どんなときでも、食べる楽しみがあるのはありがたいですわね」

そこでふとクリステルは、先日兄のエセルバートから聞いた話を思い出す。

現在、学園の基礎学部を卒業し高等学部幻獣対策科に進学した兄は、生活魔術科の生徒たちと共同で新しいプロジェクトを立ち上げたと言っていた。

その研究課題は、『討伐した幻獣の食肉加工の可能性について』というものだ。

さすがに、ドラゴンや一角獣のように知性のある幻獣を食べるのは遠慮したい。

それに幻獣の中には、毒液や瘴気を持つものも多い。

兄たちの研究は、まだはじまったばかりだ。

その成果が出るには、数年――もしかしたら数十年の月日がかかるかもしれない。

だが、討伐した幻獣の肉を現地調達食料として利用できれば、携帯食料の大幅な節約に繋がるだろう。

クリステルはふむ、とうなずいた。

兄たちの研究は、実に興味深い。

今度、高等学部を訪ねてどのように研究を進めているのか見学させてもらおう。

基礎学部でも演習のため幻獣討伐に出ることがあるし、兄の研究に詳しくなれば、討伐した幻獣を試料として提供できるかもしれない。

さっそく、今夜にでもエセルバートに連絡してみよう。

それにしても、とクリステルは密かにため息をつく。

(何が悲しくて、家族の声に萌えなければならないのかしら……)

よりによってギーヴェ公爵家の後継である兄エセルバートの声は、ウォルターと同じ声を持つ美青年皇帝キャラと、アニメ最終話で涙の別れをした親友キャラの声だった。

兄と婚約者が会話をしていると、クリステルの意識は遠のきそうになる。

（……萌え死には、いやだわ）

数日後、クリステルはエセルバートに会うために高等学部に行った。

学園の高等学部は、基礎学部から馬車で一時間の場所にある。

基礎学部よりも遥かに高度で実践的な学問や実験を行うそこは、『だだっ広い敷地を持つ教育施設』というより、『学園都市』といった佇まいだ。

たまに何かの実験に失敗したのか「ちゅどーん」という物騒な爆発音とともに黒煙が噴き上がったりしているのは、ご愛敬というものだろう。

与えられた予算の範囲内であれば、多少何かを吹っ飛ばしても問題ない……はずである。

とりあえず、モノは壊れても直すことができるけれど、命だけはそういうわけにもいかないので、ぜひとも大切にしていただきたい。

そんなことを考えながら、クリステルは兄のエセルバートと待ち合わせをしているカフェに向かった。

彼は妹と同じエメラルドグリーンの瞳に、さらさらのダークブラウンの髪が実に魅力的なイケメンだ。身内を堂々と褒めるのは面映ゆいものがあるけれど、事実なのでしょうがない。

育ちのよさが滲み出る端整な容貌に、常に落ち着いた口調でゆっくりと話す穏やかな性格。

その上、ひとたび戦場に立てば、大地を幻獣の血で染め上げる『王国最強の剣』の後継者。

彼に対する賛辞を集めればきりがないだろう。

（おまけに、幼い頃から可愛がっている妹弟にはめろめろに甘くて、身内認定した相手にはとことん寛大。逆に、一度でも敵と認識した相手のことはしつこく根に持ち、延々といびり倒す暗黒面までお持ちだなんて……。お兄さまは、おひとりでキャラ立ちしすぎだと思います）

石畳で舗装された通りに面した、オープンカフェの一角。

先にやってきていたエセルバートは、クリステルに気がつくと嬉しそうに笑って立ち上がった。

「やあ、クリステル。元気そうだね、私の可愛いお姫さま？」

「……お兄さまこそ、お元気そうで何よりですわ」

心の準備は、してきたはずだった。

幼い頃からクリステルに対して甘すぎる彼が、全開の笑顔で名前を呼びながら抱きしめてくることは、想定内だ。

ちなみに、今年八歳になる弟を、エセルバートとクリステルは揃って『わたしたちの天使』と呼んでいる。母方の祖母譲りの淡い金髪と、淡い水色の瞳を持つ愛くるしい弟を天使と呼んで、何が悪い。

しかし、自分のこととなると話は別だ。

(く……っ、いつも礼儀正しい穏やかなウォルターさまの声には、だいぶ免疫がついたつもりでしたけれど……。普段はあまりお会いしないお兄さまの、この愛情ダダ漏れボイスの攻撃力ときたら！　あぁっ、なんて恐ろしい……！)

あやうく腰砕けになりそうになりながらも、いつも通りに挨拶を返す。

自分は偉い、とクリステルは内心で自画自賛した。

たまには、自分以外の誰かにも褒めてもらいたい。いくら必死に努力をしても認めてもらえないと、心が折れそうになるのだ。

どうにか砕けそうになった腰と理性を立て直し、クリステルはカフェの席につく。

ギャルソン姿のウェイターに、ロイヤルミルクティーを注文した。

エセルバートはここの常連らしく、メニューにないブレンドを頼んでいる。

それぞれの飲み物がやってくると、クリステルはさっそく話を切り出した。

「お兄さま。先日、うかがった件なのですけど――」

口を開いた彼女に、エセルバートは困った顔をして片手を上げる。

「すまない、クリステル。例のプロジェクトなんだか……。実はつい先ほど、学園の上層部からストップをかけられてしまってね」

「……はい？」

クリステルは、目を丸くした。

発起したばかりのプロジェクトに、いきなり学園側からストップがかかるなんて、一体何があったというのだろう。

エセルバートが言いにくそうに声を低めた。

「幻獣の種類は多種多様だし、家畜に近い形態のものも多い。中でも、多少角が危険とはいえ、鹿タイプは比較的捕らえやすいからね。まずは、その辺りから試料を集めてみる予定だったんだ」

巨大な角が剣のように鋭利で禍々(まがまが)しいフォルムを持ち、炎熱系の魔法をばんばんぶつけてくるような危険物でも、草食獣型の幻獣の中には「うん、これなら食べられそう」という外見をしているものが結構いる。

幻獣対策科の教師、生活魔術科の教師それぞれの許可も取り、近いうちに各地の砦に研究協力してもらえるよう、話を持っていくつもりだったそうだ。

「私たちは、今まで教わった知識や経験上、どのタイプの幻獣が人間を襲って食うかはわかっているだろう？　それ以外の幻獣は、不用意に接触すれば問答無用で襲ってくるが、人間を捕食することはない。人間を口にしたことのある幻獣を食べるのに嫌悪を感じる方々がいるのは理解できるのだが……」

弱った顔で言うエセルバートに、クリステルは眉をひそめた。

「……もしや、プロジェクトにストップをかけてこられた方々は『研究対象とする幻獣が、人間を一切捕食しないと証明できない以上、国民感情的に問題がある』とおっしゃっているのですか？」

命は、巡るもの。

すべての命は、他者の命を喰らって生きている。

しかし、『人間を食う』ことがわかっている幻獣を仕留めて食料とすることに、忌避感を覚える人々の気持ちもわからないではない。

自分が口にする肉が、人間を捕食した獣のものかと思えば、たしかに食欲は失せてしまうだろう。

エセルバートはひょいと肩を竦めた。

「『ないこと』を証明するというのは、まったく難しいよ」

難しい――というより不可能だ。

そこまでいかなくても、特定の幻獣の生態を完璧に調べ上げるなど、彼らの生涯にぴったり密着しなければ無理な話だろう。幻獣対策科の研究課題にはなるかもしれないが、生活魔術科の出番はそれこそ数十年単位で先になる。

「そういうわけで、残念ながらプロジェクトは凍結。仕方がないから、今回集まってくれた生活魔術科のメンバーには、私が今まで個人的に収集していた幻獣の体液や細胞の分析を手伝ってもらうことにしたよ」

にこりと笑って言ったエセルバートに、クリステルはおののいた。

（お兄さまのプロジェクトの方向性が百八十度転換した結果、殺伐感と危険度がメガ盛りになった件ー！）

たしかに、基本的に幻獣と戦ってナンボの幻獣対策科の生徒より、常日頃から繊細な作業を行っている生活魔術科の生徒のほうが、そういった仕事には向いているかもしれない。

しかし、エセルバートが今まで収集していた諸々といえば、討伐した幻獣たちの吐いた毒液や強酸の類いだ。

それらを分析するなど、『魔術の平和的・家庭的活用』を旨とする生活魔術科の生徒たちにとっては、とてつもない恐怖体験になってしまうのではないだろうか。

クリステルがそう言うと、エセルバートは微笑した。

「元々彼らも、随分興味を持っていたようでね。試料の中には、かなり独特の臭気のあるものが多いだろう？　幻獣たちの過去の行動記録と照らし合わせて分析すれば、特定の幻獣に対する忌避剤に加工できるかもしれない。物資の流通の安全確保に活かせれば、幻獣対策科と生活魔術科で共同研究するのに相応しい課題になると思うんだ」

高等学部の生活魔術科の学生たちは、クリステルが想像していたよりも遥かに肝が据わっていた。

考えてみれば、生活魔術科に在籍する生徒たちの多くは平民出身だ。

彼らは基礎学部を卒業後、それぞれ故郷に戻るのが普通である。

そんな中で、かなり高額な高等学部の学費を支払うか、厳しい奨学金審査をクリアして進学したとなれば、相当の学習意欲と熱意があるのだろう。

つまり、高等学部の生活魔術科に所属する学生たちというのは、己の知識欲と研究魂を鈍らせることなく滾らせ続ける、まごうことなき剛の者。

道理で、エセルバートと気が合うはずだ。

生活魔術科の研究は、幻獣対策科の幻獣討伐と比べてしまうと、どうしても派手さに欠ける。

どちらが欠けても、この国は成り立たない。

しかし、国民の暮らしに密着しているのは間違いなく彼らのほうだ。

（それなのに……。毎年のこととはいえ、基礎学部に入学したての学生たちの中に、そんなことも理解していないおばかさんが多すぎて困ってしまいます）

現在、この国に生息（せいそく）している幻獣たちは、滅多（めった）なことでは人間の居住区に侵入してこない。

群れを追われた個体や、独り立ちした若い個体が時折姿を現すことはある。しかし、群れ単位で人間を捕食する種が現れたという記録は、数年前を最後に途絶えていた。

もちろん、国境線を越えた先の深い森には、数えきれないほどの幻獣が生息（せいそく）している。

その中に開かれたいくつかの街道が異国との交流を可能としているが、それらを踏破（とうは）するには相当の力量を持つ護衛集団が必要だ。

国の外では人間のにおいに引かれた危険な幻獣が襲ってくることは珍しくないし、そもそもあちら側は彼らの世界。踏み入れば必ず命がけの戦いになる。

魔導具を操り幻獣と戦う騎士や傭兵に対し、少年少女がキラキラと憧れの眼差しを向ける気持ちは、クリステルにもよくわかる。

自分の能力と選択した道について、誇りを持つのだって素晴らしいことだ。

だが、だからといって幻獣対策科に所属した学生が、生活魔術科の学生たちを『地味』だの『腰抜け』だのと言ってばかにしていい理由はない。

それなのに基礎学部では、毎年学科の間でいざこざが起こるのだ。

今年の新入生たちはまだ目立った騒ぎを起こしていないものの、やはりそういった雰囲気は少しずつ生まれつつある。

クリステルは、そっと息を吐いた。

（ああいうおばかさんたちを、一度『きゅっ』とシメて考え違いを改めさせるのは、最上級生のお仕事ですもの。代々の先輩たちが立派にこなしてこられたことを、わたしたちが放棄するわけにはまいりません）

この年頃の子どもたちにとっては、教師よりも迫力ある先輩のほうがよほど恐ろしい存在なのだ。

近い将来、必ずクリアしなければならない面倒ごとにうんざりしていたクリステルに、昨年そのミッションをコンプリートした兄が声をかける。

「クリステル？　何か悩みごとでもあるのかい？」

「……お兄さま。お兄さまは、生活魔術科の学生に対して侮辱的な態度を取る幻獣対策科の新入生に、なんと言って考えを改めさせましたの？」

残念ながらというわけではないが、クリステルが入学した二年前は、最も王太子の座に近いといわれていたウォルターがいた。彼の前で、そういったばかばかしい行動に走る愚か者はいなかったのだ。

そして昨年の新入学生たちについては、なんだか不穏な動きが出てきたな、と感じている間に、エセルバートの指示を受けた最上級生たちがすべて片づけてしまっていたのである。

仕事が早いのは実に結構だが、後輩である自分たちに、その仕事ぶりを少しは学ばせてほしかった。

エセルバートは、にこりとほほえんだ。

「クリステル。兄として、ひとつきみにアドバイス。――世の中には、二種類の人間がいる。普通に人間の言葉が通じる者と、なぜかまったく通じないモノだ」

両者の違いはなんだと思う？　と問われたクリステルは、少しの間考える。

「精神的な成熟度の差、でしょうか？」

「うん。それは、正しい答えのひとつだね。でも、問いに対する答えというのはひとつきりとは限らないし、形だってさまざまだ。もう少し考えてごらん、クリステル。きみなら、今必要な答えをきっと見つけられるはずだよ」


それから、数日後。

学園の基礎学部において、幻獣対策科の新入生の一部が生活魔術科の学生たちを侮辱するという事態が続いた。

基礎学部の学生会会長であるウォルターは、その幻獣対策科の新入生たちに対し、一度目は文書での厳重注意、二度目は文書での警告。

そして三度目の事件が起こった本日、彼は問題の生徒たちを学生会室に呼び出しての口頭による通達に踏み切った。

学生会会長にして王太子の地位にあるウォルターは、新入生の彼らにとって、まさに雲の上の存在だろう。

彼がわざわざ自分たちを呼び出すとは、思ってもいなかったのだろうか。

学生会室に集まった新入生たちはみな、真っ青な顔をしている。生け贄(にえ)――もとい、エセルバートが言うところの『人間の言葉がまったく通じないモノ』は、十四名。

副会長を務めるクリステルは、ここ数日の彼らの行動を記した調書を淡々と読み上げたのち、ウォルターに最後を任せた。

彼ら十四名に対する処分は、学生会役員全員の合議の上で決定している。

ウォルターが、感情の透けない声で淡々と彼らに告げる。

「きみたちには今後一年、生活魔術科が主催するイベントすべてへの参加禁止を命じる。もしこの禁止令に違反した者が一名でもいた場合、連帯責任としてきみたち全員に、我々学生会役員全員と一対一の勝負をしてもらう。これは、担当教官の許可のもとで行う、魔導具を用いての時間無制限一本勝負とする。……何か、質問は？」

『学生会役員全員とのガチンコ勝負』と聞いて、新入生たちはただでさえ悪かった顔色を一層紙のようにした。彼らは、ひっくり返った声で即座に「いいえ！　ございません！」と叫んだ。

そんなにウォルターが怖いなら、最初から睨まれるようなことをしなければいいものを、とクリステルは思う。

だが、自分自身に都合の悪いことにはなかなか思い至らないのが、若さというものなのだろう。

蹌踉とした足取りで十四名が出ていくと、今回の件で新入生たちからの聞き取り調査を担当したロイ・エルロンドがくすくすと笑った。

ウォルターの側近候補の中で、最も幼さの残る顔立ちの小柄な少年だ。

クセのある柔らかなアッシュブロンドと、少し目尻の下がった瞳がふんわりとした雰囲気を醸し出していて、実に可愛らしい。

クリステルは、前世の記憶が戻ってからはじめて彼の姿を見たとき、「ロイさまのような方を『合法ショタ』というのかしら」と、かなりひどい感想を抱いた。……反省はしている。

ロイは情報収集に長け、探索ごとも得意だ。

今回の手際も実に見事だった。

(わたしは、栄えあるギーヴェ公爵令嬢。エセルバートお兄さまの誇り高い妹です。だから、こんな人前で萌え転がったりいたしません。落ち着けわたし。がんばれわたし)

クリステルは頭の中で、己の心を保つための呪文をぶつぶつと唱える。

ロイの明るく爽やかな笑い声は、実に心臓に悪い。異世界から地球にやってきて、真面目にアルバイトで生計を立てる魔王さまと同じ声なのだ。彼が大人になったら、さぞ迫力のある低音の美声で話してくれるに違いない。

彼は、ひょいと楽しげに肩を竦めて口を開いた。

「あの子たち、『生活魔術科のイベントに一切参加禁止』ってのが、どれだけ学生生活を灰色にするものなのか、まだ全然理解していないみたいですねぇ」

ウォルターも、小さく苦笑する。

「ああ。普段の魔導具披露イベントはもちろんだが、学園祭は彼らの独壇場だ。とはいっても、連中は『生活魔術科如き』と彼らのことを随分蔑んでいたようだから、大したダメージにはならないかもしれんがな。……今後、同じような阿呆が出てこなければそれでいいさ」

クリステルは、胸のうちでそっと両手を組み合わせた。

（あぁ……っ。先ほどのおばかさんたちを『相手にするだけ無駄』認定された、その一片の情も感じられないウォルターさまのお声がたまりません！　先ほど彼らに処分を言い渡したときの『こんなくだらないことで俺の時間を浪費させるとは、随分いい度胸をしているな？』という副音声は、わたしのオタク魂が生み出した愉快な幻聴なのでしょうけれど、本当に素敵でございましたわ！）

彼女のお嬢さまスキルは、学生会室にいるときは常にフルスロットルで展開されている。

生きててよかった、と内心感涙しながら、クリステルはウォルターに声をかけた。

「本当に、そうですわね。ところで、ウォルターさま。兄が、現在高等学部で進めているプロジェクトの件で、うかがいたいことがあるそうですの。ご都合のよろしいときに、一度お訪ねしたいとのことなのですが……」

「エセルバート殿が？　あぁ、わかった。あとで、こちらから連絡をしてみるよ」

にこやかに応じてくれた彼に、クリステルはにこりとほほえみ返す。

「ありがとうございます、ウォルターさま」

「……えぇと。クリステル」

珍しく、ウォルターが歯切れの悪い声で名を呼んだ。

「はい。なんでしょうか？」

「あー……うん。その、エセルバート殿のプロジェクトについて、きみは何か知っている？」

クリステルはうなずいた。

「はい。先日兄を訪ねたときに、少しだけですが話を聞いてまいりました。なんでも、他国との物資の流通における安全確保について、少々検討してみたい案があるようです」

「そうか。エセルバート殿のことだから、きっと面白いことを考えているんだろうね」

楽しげに言ったウォルターに、クリステルは少し困って首を傾げる。

「本当に、ウォルターさまのご期待に沿えるものであればよろしいのですけれど……。何しろ兄は、あの通り少々大雑把（おおざっぱ）なところがあるものですから、なんだか心配です」

あの日、兄の出した問いかけの答えは『相手にする価値の有無（うむ）』だろう。よってクリステルは『言葉が通じる相手は言葉で説得できるけれど、言葉の通じない相手の行動を改めさせるには、彼らに相応（ふさわ）しい罰を与えるしかない』と結論づけた。

そのため、二度の文書で『人間の言葉が通じない』と確認した幻獣対策科の生徒に対し、さっさとペナルティを与える方針に切り替えるようウォルターに意見したのだ。

クリステルも無駄な努力は、嫌いだ。

何よりこの手の問題は、解決を先延ばしにすればするほど面倒なことになる。

王太子の鶴（つる）の一声で充分に効果があったかもしれないが、それだと抑圧された彼らの不満がウォルターひとりに向いてしまう。

わざわざ『これ以上ばかをやったら、学生会の役員全員にケンカを売ったと判断するけど、どうするの？』という形にしたのは、ウォルター個人に反感を集中させないようにするための措置である。

クリステルたちはウォルターを支えるためにいるのだから、そんなものの矢面（やおもて）に彼ひとりを立たせるわけにはいかないのだ。

ウォルターが、くくっと肩を揺らす。

「きっと大丈夫だよ。それにしても、きみたち兄妹は、本当に仲がいいね」

「……恐縮ですわ」

クリステルは、微妙に返事をするのが遅くなった。先日の兄の様子を再び思い出したからである。

（お兄さま……。わたしは、お兄さまが「人間の言葉が通じないモノは、もう人間とは言えないと思うんだ」と白い歯の輝く爽やかな笑顔でおっしゃるのを聞いて、はじめてお兄さまを遠く感じました）

ちなみにエセルバートが昨年、基礎学部の学生会会長を務めていたとき、おばかな新入生たちをどうやって従えたかというと――

彼はリーダー格だった少年少女たちを学生会室に呼び出し、ただ一言命じたのだという。

『これ以上私を煩わせるな、豚どもが』

「動物のしつけは、やっぱり最初の気合いが勝負だよねぇ」と笑うエセルバートを見て、クリステルは思った。

もしかしたらこの兄ならば、あの一角獣に『お手』を教えることも不可能ではないかもしれないな、と。

想像してみたが、珍しく萌えなかった。

何はともあれ、新入生の処罰は済んだ。

ほっと息をついたクリステルは、学生会室をあとにした。

＊　＊　＊

「それでは、ウォルターさま。みなさま。お先に失礼いたします」

優美な仕草で一礼したクリステルが学生会室を出ていった途端、残った面々の視線がウォルターに集中した。

今期の学生会は、ウォルターをトップに彼の側近候補たち、そしてクリステルというメンバーで構成されている。

磨き抜かれた執務机で、華やかな金色の頭を微妙にうなだれさせている学生会長に、真っ先にツッコんだのは側近候補筆頭のカークライルだ。

「ヘタレもここまでくると、いっそ見事だな。なんなの、おまえ。これだけガンガン外堀埋め立てまくって、正式に婚約までしているくせに。いまだに『王太子』の仕事絡みのネタがないと、緊張しまくりで初恋の女の子に話しかけられないとか。ないわー。マジでないわー」

彼は、最も長くウォルターと同じ時間を過ごしているため、主に対する遠慮が少々欠けている。

さすがに人前ではきちんと敬語を使うが、その場にいるのが親しい人間ばかりだと、口調がかなりぞんざいだ。

まったく容赦のない先制攻撃に、ウォルターがべしゃっと机に張りつく。

続いて、滅多に無駄口を叩かないネイトがため息交じりに口を開いた。

こちらは質実剛健な武門貴族出身なだけあって、年のわりに落ち着いた実直な性格だ。ウォルターと親しい友人関係を築いてからも、敬語を崩していない。

「クリステルさまは、幼い頃から完璧な『王太子妃候補』として育てられてきた方ですから……。よほど露骨な意思表示をしなければ、すべて『後見人の娘』に対する社交辞令で流されてしまうと思いますよ」

ギーヴェ公爵家と近しいディケンズ侯爵家の後継であるネイトは、クリステルとも幼い頃から親しくしている。

そんな彼の指摘に、ウォルターはくわっと顔を上げた。

「仕方がないだろう！　学生の分際でクリステルに迂闊なことをしようものなら、ギーヴェ公爵とエセルバート殿が間違いなくキレるとわかっているんだぞ⁉　俺は、まだ死にたくない！」

　この国の貴族階級の人間で、ギーヴェ公爵エドガーとエセルバートがクリステルを溺愛していることを知らぬ者はない。

　ギーヴェ公爵家の後見を受けて立太子したウォルターは、立場的な意味でも物理的な意味でも、彼らを敵に回す行いなど断じてするわけにはいかないのだ。

　ばしばしと机を叩いてわめくウォルターを見て、書類を揃えていたロイが笑う。

　ウォルターたちよりひとつ年下の彼は、クリステルの友人であるセリーナ・アマルフィの婚約者だ。見た目の愛らしい彼らが並んでいると、対で作られた人形のようだと評判である。

　華奢な外見に似合わない巨大な剣を振るうセリーナが、年下の婚約者を大層可愛がっているのも貴族社会では有名な話だ。

「殿下。第二学年の僕でも、セリーナ殿とはもうちょっとまともな会話をしていますよ」

　ウォルターが恨みがましそうな目つきでロイを睨む。

「……ロイ。そうやって無邪気な笑顔で、えげつない追い打ちをかけるのはやめろ。さすがに心が折れそうだ」

ロイはきょとんとした顔で目を瞬かせる。

「え？　僕まだセリーナ殿と一緒に観劇に行ったことも、彼女が僕のイニシャルを刺繍したハンカチをくれたことも、みなさんに報告していませんよね？」

側近候補最年少の彼は、一同の中で最もプライベートが充実している少年であった。

再び無言で机に突っ伏したウォルターに、カークライルとネイトが同情のこもった眼差しを向ける。

カークライルは、フォークワース侯爵家の次男坊だ。

彼には年の離れた兄がおり、実家を継ぐ予定のないお気楽な立場であるため、いまだ婚約者を選定していない。

いずれウォルターのもとで勲功を立てれば、それなりの爵位と領地を与えられるだろう。伴侶探しは、それからでも充分だと考えているらしい。

主の葛藤は完全に他人事だが、幸せいっぱいの年下の少年が投下した天然爆弾が、被弾するとかなりキツいのはわかる。さすがに、カークライルも同情を禁じえない。

ネイトの婚約者は、クリステルの友人であるステファニー・ディグンだ。

ふたりは互いに熱量の高い感情を抱いているわけではないが、信頼と敬意に基づく落ち着いた関係を築いている。

　武門貴族として、プライベートでも婚約者と魔導具の手合わせを幾度も重ねていることは黙っておこう、とネイトは思った。

　そこで、それまでずっと沈黙を保っていた最後の少年が片手を上げる。

　ロイと同じ第二学年の、ハワード・レイズだ。

「あー……。お楽しみのところ、申し訳ないんですけど、ちょーっといいデスか？　――おれとカークライルさんは、まぁともかくとしてですね。婚約者のいらっしゃるお三方にとっては、思い出したくもない人生の汚点となってくださったオンナノコにつきまして。昨日、おれの実家から報告書が届いたんですよ」

　瞬間、ウォルターのまとう空気が一気に重みを増した。

　ネイトとロイはもちろん、カークライルも心底不快そうな表情を浮かべてハワードを見る。

　ハワードの生家であるレイズ伯爵家は、国の暗部を活躍の場としてきた家門だ。

　三男とはいえ、その直系の人間を表立った側近候補としたのは、歴代王太子の中でもウォルターがはじめてである。

　褐色（かっしょく）の髪に赤銅色（しゃくどういろ）の瞳を持つハワードは、身長ばかりが先に伸びてしまったような体躯をした少年だ。あと数年も鍛えれば立派な体格になるのだろうが、今はまだ肩も薄く、いつも長い手足を持て余しぎみにしている。

彼の専門分野は、魔導具を使った戦闘ではない。

ロイとは別の、あまり表沙汰にできないタイプの情報収集だ。

件の報告書の内容は、すべて記憶しているのだろう。

ハワードは、ひょいと肩を竦めて口を開いた。

「マリア・ウィンスロー。十五歳。ウィンスロー男爵家長女。——彼女の『体質』は、ちょっとシャレにならないモノだったみたいです。何しろ、彼女に対する好意を増幅させる魔術式だけならともかく、そばにいる人間の思考力を低下させて無意識に操る魔術式を、常時展開させているそうですから」

なんだそれは、とウォルターが眉をひそめる。

「アレの魔力量は、それほど高いものではなかったはずだ。そんな魔術式を常時展開していたら、あっという間に魔力が枯渇してしまうだろう」

ただでさえ、他人の精神に干渉する魔術はかなりの魔力を消耗するのだ。

そんな魔術を常時展開していては、周囲から『化け物レベル』と評されているウォルターでも、三日と保つまい。

魔術を行使する際には、その術のレベルに応じた集中力と魔力を必要とする。

あの日、クリステルがあらかじめ術式を組みこんだ指輪を装備していたのはそのためだ。

高度な魔術式を展開したままでは、意識をほとんどそちらに持っていかれてしまう。

その点、特定の魔術式を組みこんだ魔導具は、内包した魔力が尽きるまではオートで効力を発揮し続けることが可能である。

もちろん、それなりの魔力と経験を積んだ魔術師であれば、複数の魔術を展開しながら思考し、他者と会話することも不可能ではない。

しかし、マリアは今年学園に入学したばかりの、素人同然の少女。

魔導具に魔力を補充するという単純作業ならばともかく、そんな芸当が可能とはとても考えられない。

ハワードが、軽く首を傾げる。

「お気持ちは、わからないでもありませんが……。殿下は、彼女の名前を口にするのもおいやですか?」

「クリステルの目の前で、俺はアレを隣に置いてヘラヘラ笑っていたんだぞ。……思い出しただけで、過去の自分ごと全力で叩き潰して幻獣の撒き餌にするか、何もかもを焼却処分してすべてをなかったことにしたくなるんだ。その衝動を辛うじて抑えている俺の理性を、わずかなりとも賞賛する気持ちがあるなら、もったいぶっていないでとっとと話せ」

暗く澱んだ目をした主に、ハワードはもちろん、ほか三名も固まった。

ウォルターは基本的に、仲間と認めた相手にはとても寛容だ。

歴代の王家の人間の中でも桁外れに高い魔力を持つだけでなく、頭もいいし冷静な判断能力も備えている。

彼がそうやって『理想的な王太子』というカタチに自らを作り上げてきたのは、すべてギーヴェ公爵の掌中の珠と言われているクリステルを手に入れるためだ。

側近候補の彼らは、ウォルターが本来『国王』なんてものにはとことん不向きな性格をしていることを知っている。

傲慢で独善的。

欲しいものがあればその障害となるものを力業で踏み潰し、どんなに卑怯な手段を使ってでも手に入れるのが、彼の本質だ。

どれほど持って生まれた能力が高くとも、国民の幸福のために生きるという意思も覚悟も皆無の国王など、存在していいわけがない。

たとえ彼より能力が劣ろうと、『国王』として生きる誇りを持てる者がその座に就いたほうが、本人も国民もよほど幸福だろう。

しかし、ウォルターのクリステルに対する執着と生まれ持った能力は、そんな正論をあっさりと踏み越えてしまった。

――俺が、次代の王だ。文句があるなら、俺を叩きのめしてから言ってみろ。

足元に踏みつけているすべてをまったく意に介することなく、遥かな高みからそう言い放って嘲笑うかのような豪胆さと、圧倒的な実力。

彼の『弟たち』は、それを目の当たりにするたび萎縮していき、最後にはウォルターに怯えるようになっていた。

彼は決して『善き王』にはならないだろう。

そうわかっているのに、それでもなお抗えないほどのカリスマが、彼にはあった。

カークライルたち側近候補は、そんなウォルターのある意味非常に子どもじみた本質を、誰よりもよく知っている。

数年前、まったく王座に興味がなかったはずの彼が変貌したとき、彼らはひどく戸惑った。

そんなウォルターに、彼らが真っ先に覚えた感情は、畏怖。

醒めきった眼差しで周囲を見ていただけの王子が、ずっと眠らせ隠していた牙は、あまりに鋭く強大だった。

その輝きから目を逸らすことなど、考えられなくなるほどに。

ハワードが、小さく深呼吸をして居住まいを正す。

仲間たちの『全力で主の逆鱗に触れにいくとか、アホなの？　死ぬの？』という視線が、ぐさぐさと彼に突き刺さる。

ハワードはウォルターとの付き合いが最も浅いため、ときどき相手のボーダーラインを読み違えてしまうのだ。ただのうっかりさんとも言う。

「……失礼しました。問題だったのは、彼女の体質としかいいようのない特殊な性質です。マリア・ウィンスローが常時構成している魔術式は、本人の魔力ではなく他者の魔力を取り込んで発動しておりました」

つまり、とハワードは続けた。

「彼女の魔術は、強い魔力を持つ者に対しより強い効果を発揮する。この学園で、殿下が真っ先に彼女の影響を受けたのはそのためです。……彼女との接触当時、クリステルさまが体調不良で席を外していてくださったのは僥倖でした。もしクリステルさまが我々の異常に気づいてくださらなければ、今頃学園は彼女の支配下に置かれていたかもしれません」

この学園で、王太子の座にあるウォルターに逆らえる者などいない。彼の意思さえ支配してしまえば、どれほどマリアが傍若無人な振る舞いをしても、咎める者はいないだろう。

そうでなくとも、ここにいるのはすべて魔力持ちの者ばかりだ。近くにいるだけで精神干渉を受けるなら、誰も彼女の邪魔はできない。

魔術式を自分の魔力で発動させていないなら、魔術発動時に独特の圧力がまったく感じられなかったのも道理である。

相手が魔術を展開していると察知できなければ、初対面でその効果を回避することはほぼ不可能だ。

無意識に、自然に、なんの苦もなく魔力持ちの人間の意思を奪い、魅了し、従える。

そんなおぞましい能力を持つ人間があのまま野放しになっていたら、魔力持ちの人間がトップを占める国など、あっという間に傾いてしまっただろう。

ウォルターは、目を細めてハワードを見た。

「その化け物を、陛下はどう処分すると？」

たとえ無意識の結果であったとしても、マリアが王太子であるウォルターの精神に干渉していた事実は変わらない。

情状酌量の余地はあるだろうが、王家への反逆罪を問われてもおかしくない。

その落としどころを、一体どうやってつけるつもりなのか。

「はい。幸い、クリステルさまと殿下のおかげで、彼女の能力は精神干渉系の魔術をブロックする魔導具と〈状態異常解除〉で対処できることがわかっております。陛下直属の研究チームが、あの体質を有効活用できないかどうか、いろいろと試しているようですよ」

ハワードの答えに、ウォルターはなるほど、と腕組みをした。

「アレを不穏分子の屋敷に潜りこませることができれば、それだけでハニートラップが成功したようなものだからな。それとも、すでに隷属系のえげつない魔導具でも装備させているのか？　陛下のことだから、ご自分に抗えないよう洗脳するか……」

他愛ない世間話のように向けられた問いに、ハワードはあっさりとうなずく。

「はい。陛下自らがお作りになった、隷属の首輪をつけられています。見た目は革製のチョーカーですが、無理に外そうとすれば即座に装着者の脳を破壊するそうです。また、魔力補充量が一定レベル以下になった場合も同様ですので、定期的に陛下の魔力が込められた魔導石を交換しなければなりません。いずれ陛下がご逝去あそばされたなら、すぐに彼女も殉じることになります。彼女が首輪から解放されるかどうかは、今後の本人次第といったところでしょうか」

わーお、と無表情に感嘆の声を上げたのはカークライルだ。

「さっすが陛下、えげつねー」

ネイトが淡々と応じる。

「そうだろうか。彼女の犯した罪を考えれば、むしろ甘い処分だと思うが」

ですよねぇ、と顔をしかめたロイがうなずく。

「なんにしても、二度と僕らの前に現れないでほしいですね。他人の意思をねじ曲げて自分の好きなようにする力なんて、ほんと気持ち悪いったらないですよ」

ウォルターは、そんなロイに笑ってみせた。

「おまえが俺の側近候補から外れない限り、顔を合わせる心配はないと思うぞ。アレが俺の視界に入ったら即座に挽き肉にしてしまうことくらい、陛下もわかっているだろうからな」

若干微妙な空気になった中、ハワードが小さくため息をつく。

「蛙の子は蛙、とはよく言いますけどね。何も、えげつなさで陛下と張り合おうとなさらなくてもいいと思いますよ」

ウォルターが不思議そうにハワードを見る。

「ちゃんと、クリステルには見られないようにするぞ？」

彼の側近候補一同は、同時に「いや、そういうことじゃない」と思ったものの、今更すぎるので誰もツッコむことはなかった。

カークライルが、わざとらしく咳払いをする。

「ま、こんなガチで国家の危機レベルの案件は、陛下に丸投げしてさっさと忘れちまおう。しょせん、学生の身分のオレたちにできることなんて、たかが知れてるんだからな」

彼はそう言って、ウォルターを見た。

「そういや、ウォル。あの一角獣だったイキモノは、ちゃんと牧場でおとなしくしてるのか？」

ウォルターが首を傾（かし）げる。

「さてな。そちらはそれこそ牧場の管理人に丸投げしてしまっているから、よくわからん」

どうせ一年後には森へ帰り、自由気ままに生きていく相手のことだ。特に興味を抱いていなかった。

そこでネイトが口を開いた。

「……あの、殿下。一角獣殿は、若い牝馬（ひんば）に惹（ひ）かれてふらふらと近寄っていったために、密猟者に捕らえられたのですよね」

それがどうした、という視線が向く中、ネイトは真剣な面持ちで続ける。

「実は、我が家で手塩にかけて育てた牝馬がいるのですが……。お許しをいただけるなら、ぜひ一角獣殿と交配させてみたいのです」

武門の貴族にとって、力強く賢い馬を育て上げるのは何にも勝る喜びだ。

現在、王室所有の牧場に身を寄せている一角獣は、性格にかなり難がある。だが、その見事な馬体といい力強さといい、目を瞠るものがあった。

幻獣としての力や知性が子どもに伝わるかは不明だが、たとえそれらがなくとも魅力的な素材であることは間違いない。

なるほど、とウォルターはうなずいた。

「牧場には、俺のほうから連絡しておく。ディケンズ家で手塩にかけて育てたなら、さぞ美しい馬なのだろう。一角獣殿が気に入ってくださるといいな」

「はい。ありがとうございます」

――それから一年後に、ディケンズ家所有の牧場で、一角獣の血を引く仔馬が生まれるかどうかは、神のみぞ知ることだ。

第三章　第二の災厄は、吸血鬼でした

その日、クリステルは少々浮かれていた。

一角獣が密猟者に捕らわれた一件以来、彼女は禁域の主であるドラゴンと、折に触れて通信魔導具で連絡を取り合う仲になっている。

寮の自室にひとりでいるときなら、彼のすさまじい破壊力を持つ美声に耐えきれず膝から崩れ落ちても問題ない。そのまま床を手のひらでばしばし叩こうとも、真っ赤になってぷるぷる悶えて震えようとも、周囲からおかしな目で見られることはないのだ。

彼女はそのたび、思う存分萌え転がっていた。

この世界のドラゴンは、固有の名前を持っていないという。

同族間では互いを魔力の波長で識別しており、基本的にそれぞれのテリトリーで単独行動をしているため、特に名前を持つ必要がないのだとか。

彼らは生まれながらに、生まれた地の王なのだ。

唯一絶対の存在に、名前など不要ということなのかもしれない。

そんなドラゴンたちは、多種族の気に入った相手には好きな呼び方で自分を呼ばせている。

ちなみに、彼のお友達の一角獣は『黒いの』と呼んでいるそうだ。

それを聞いたとき、クリステルはがっかりした。

仮にも『純潔の乙女の守護者』と呼ばれる種族なのだから、もう少しセンスというものを持ち合わせていてほしかった。

それはそれとして、どうやら禁域の主はクリステルのことを随分気に入ってくれたらしい。

このたびめでたく、彼を名前呼びする権利が与えられたのである。

クリステルは、迷わなかった。

自分が自由につけていい、世界にたったひとつの王の呼び名である。

（ふ……ふふっふっふ、ふふふのふ。前世より受け継ぎし中二的オタク魂を、今使わずしていつ使うのです……！）

ここは誰がなんと言おうと、全力で趣味に走るべき場面であろう。

クリステルの前世基準で、オタクが最も愛する言語といえばドイツ語だった。なぜかはわからないので、異論はいくらでも認める。

候補はいくつか浮かんだものの、こういうことはフィーリングが大事だ。

クリステルは、漆黒のドラゴンを『シュヴァルツさま』と呼称することにした。

意味は一角獣の呼び方と同じく『黒』だが、ドイツ語変換するだけで一気に中二っぽく――もとい、カッコよくなったはずである。

ドラゴンも気に入ってくれた様子だったので、クリステルは大変満足した。

名なしのドラゴン改めシュヴァルツは、人型バージョンだと見上げるような体躯を持つ堂々たる偉丈夫である。

そして、人型でいるときには、人間の食べ物を普通に美味しいと感じるらしい。

ドラゴンバージョンでいるときの彼の『お食事』は、禁域の森に棲む知性のない幻獣だ。

普通の獣も食べられないことはないのだが、魔力を持たない獣を補食しても飢えが満たされることはないという。

一時の空腹をしのぐ程度の役には立つが、自分の栄養にならないとわかっているため、食欲をそそられないのだそうだ。

だが、そんな彼も人間バージョンに化ければ話は別。

クリステルが城にいたとき、彼女と一緒に食事を取っていたシュヴァルツは、その幸福感を覚えてしまった。

結果として、彼との話は自然と食べ物の話題になっている。

『クリステル。先日、そなたが用意してくれたドライフルーツと胡桃入りのブランデーケーキは、大変美味だった。だが、欲を言わせてもらうなら、もう少し強めのブランデーが使われているとありがたいな』

「わかりましたわ。次にブランデーケーキをご用意する際には、先日のものより香り高いものを選んでおきますわね。今回は、新鮮なチーズと季節のフルーツを使ったタルトですのよ。南通りの『ラインディア』というお店です。明日の午後、我が家の使いの者が受け取りにいくとお店に言付けておりますから、どうぞ楽しんでくださいませ」

彼はすっかり、クリステルが厳選してプレゼントするスイーツの虜になっていた。

魔力を含まない人間の食べ物を摂取しても、ドラゴンの栄養にはならない。

すなわち、いくらハイカロリーなスイーツを楽しんでも、シュヴァルツが太る心配はまったくないのだ。

その事実を知らされたとき、クリステルは一瞬、鈍器で彼を殴りたくなった。

「いくら食べても太らないんだ」などと乙女の前でのたまう男は、即座に撲殺されても文句は言えないのである。

しかしその直後、どれほど彼にスイーツを贈っても、あの素敵すぎる肉体美が損なわれないのだと気づき、心底ほっとした。

ぷにぷにの脂肪でぽよった腹のドラゴンの化身など、断じて見たくないのだ。

とはいえ、シュヴァルツの住処(すみか)である禁域の森をクリステルが訪れるわけにはいかない。

彼の森は、人の手が入っていない幻獣たちの楽園だ。迂闊(うかつ)に足を踏み入れれば、即座に幻獣に食べられても文句は言えない。

幸い、シュヴァルツは、一度行ったことのある場所や、知った魔力を持つ相手のいる場所であれば、古代魔術の〈空間転移〉を使い一瞬で移動できる。

一角獣の事件の際、シュヴァルツは人型でウォルターたちの行動を追跡していた。

したがって、王都の主だった通りは、彼にとって『一度行ったことのある場所』だ。

そこでクリステルは、街中(まちなか)で『これぞ!』と思ったスイーツを発見するたび、店で予約だけをして、彼女の使いの者のふりをしたシュヴァルツ本人に引き取りにいってもらうことにした。

筋骨隆々(きんこつりゅうりゅう)の彼が、可愛らしいスイーツショップをいそいそと訪れているところを想像しては、「可愛いなぁ、もうっ」と萌(も)え萌(も)えしている。

以来、美味(おい)しいスイーツ好きの同志として、その魅力談義に花を咲かせているのだ。

――禁域の主にして幻獣の王であるドラゴンと、こんな乙女ちっくなノリで交流を重ねていいのだろうか。

ときおり、そんな疑問がクリステルの頭を過ったが、気づかなかったことにしている。

だが、通信魔導具越しの会話では、感動の共有に限界があった。

できることなら、同じテーブルについて素敵なスイーツを楽しみたい。

とはいえ、クリステルはこのスティルナ王国の王太子の婚約者。

ドラゴンの本来の姿が全長十五メートル超の羽根つきトカゲとはいえ、人型は立派な成人男性だ。

可愛らしいスイーツショップを彼と巡れば、『デート』と見られても仕方がないだろう。

王太子の婚約者としてすでにお披露目されているクリステルは、ウォルター以外の男性ときゃっきゃうふふのデートなどするわけにはいかない。やましいことなど何ひとつないが、よけいな面倒ごとは避けたいところだ。

シュヴァルツとの通信を終えたあと、悶々と悩んだクリステルは、やがて妙案を思いつき、ぽんと手を打った。

〈シュヴァルツさまを我が家にお招きしてしまえばいいじゃない。あの方は、わたしの魔力をご存じなんだもの。わたしが家に戻っているときであれば、〈空間転移〉で来て

いただけるわ）

クリステルの生家であるギーヴェ公爵家の本邸は、その権勢に相応しい規模を誇る。

当然ながら、雇っている料理人たちの腕もかなりのものだ。

両親と兄には話を通さなければならないが、シュヴァルツを充分にもてなすことができる。

クリステルは、ぐっと拳を握りしめた。

（ふ……っ。ご期待ください、シュヴァルツさま。先日屋敷へ戻った折に、学食のプリンの素晴らしさをメイドたちに語っておきました。あれ以来、わが家で供されるプリンは、質もバリエーションも大変素晴らしいものになっております！）

彼女のプリン好きは、オタク魂と同様、生まれ変わっても不滅であった。

もし次に生まれ変わることがあっても、プリンと美声に対する愛だけは、決して失われはしないだろう。

ちなみに、ギーヴェ邸におけるプリンの『とろとろクリームタイプ』と『どっしりしっかりタイプ』の支持率は、今のところ見事に五分五分だ。

フレーバーは、男性陣にはプレーン、女性陣にはチョコレートと胡麻が人気である。

もちろんクリステルは、そのすべてを平等に愛している。

さっそく彼女は両親と兄に通信魔導具で連絡し、ギーヴェ邸にシュヴァルツを招く許可を取った。

翌日、シュヴァルツを招待する旨をウォルターにも報告しておくことにする。

クリステルのシュヴァルツとの交流は国王も認めている。それでも、成人男性の見た目を持つイキモノを彼女の名でギーヴェ邸に招くのだ。

婚約者であるウォルターには、きちんと伝えておくのが筋というものだろう。

シュヴァルツを招くことは、あまり余人には知られたくない。

ドラゴンは、本来ならば滅多に人の世界には現れない。いくら人型をとっているとはいえ、下手をすればギーヴェ公爵邸周辺がドラゴンを一目見ようという市民で溢れ返ってしまいかねない。

この世界に、ドラゴンに萌えるクリステルのような人間は、あまりいないと思う。

だが、怖いもの見たさや野次馬根性は、どの世界の人々も持っているはずだ。

何より、ドラゴンというのはその鱗の一枚にも膨大な魔力を孕んでおり、強力な魔導具の素体となる。

少なくとも研究者たちは、揃って激しく興味を引かれるだろう。

研究対象として垂涎のイキモノが手の届くところにいるのに、一切手出しをできないのだ。

そんなストレスを、研究熱心な魔術師たちにわざわざ与えることもない。

クリステルは放課後学生会室に行き、業務報告のついでにウォルターにシュヴァルツを招待することを告げた。

なぜかウォルターが、ひどく複雑な顔になる。

「クリステル、きみ……。ドラゴン殿を、餌付(え)けしたのかい？」

「……そんなつもりは、なかったのですが。今のわたしとシュヴァルツさまの関係が、客観的にそう判断されても仕方がないものだというのは、理解しております」

クリステルは、ウォルターから微妙に視線を逸(そ)らしながら答えた。

ほかの学生会役員たちからも、生温かい視線を向けられている気がする。

本来、人と幻獣の世界は決して相容(あいい)れないものだ。

シュヴァルツはこの国の建国王と、互いの領土に不可侵という誓約を交わしている。

だが、彼の森以外の場所に生息(せいそく)している幻獣たちとは、常に殺すか食われるかという関係だ。

幻獣たちにとって、頑強な皮膚で保護されていない魔力持ちの人間は、非常に食らいやすい餌である。

一度でもその味を覚えた幻獣は、たとえ魔力を持たない人間でも攻撃対象とするから厄介(やっかい)だった。

その肉を食わない幻獣でも、まるで猫がネズミをいたぶるように、人をなぶって遊ぶものもいる。

現在、シュヴァルツの森がこの国と平和的に共存しているのは、ひとえに彼が人間との意思疎通が可能な知性を持ち、お互いに不可侵の約束を守っているからだ。

いまだすべての幻獣を把握できているわけではないが、人間と同等、あるいはそれ以上の知性を持つ種はごく一部と言われている。

幻獣の知性は魔力の大きさに比例して高くなる傾向がある。

強大な魔力と体躯(たいく)を誇る長老級のドラゴンともなれば、非常に気位(きぐらい)が高く、決して人間とは相容(あいい)れないというのが、これまでの通説だったのだ。

実際にシュヴァルツと言葉を交わしてみると、彼はとってもジェントルで律儀だった。

その上、力加減を間違えて友人の角を折ってしまうようなうっかりさん。加えて、思わず握り拳(こぶし)を作ってしまうほどの素敵マッチョであったとは、一体誰が想像できただろうか。

さらにクリステルは、『スイーツ好き男子』という、なんともほほえましい特徴をシュヴァルツに付け足してしまった。

クリステルが王宮に提出しているシュヴァルツとの交流記録を、おそらくウォルター
も読んでいるのだろう。

先ほどの問いかけも、質問というより確認の響きがあった。

小さく息をついて、ウォルターが苦笑を浮かべる。

「まさか、禁域の森のドラゴン殿が、人間の作った甘味に執着するようになるとはね。

建国王だって、想像なさらなかったんじゃないかな」

「はい」

クリステルにとっても、焼きおにぎりからはじまった関係がこんな方向に進化すると
は、まったく想定外だった。

しみじみうなずいていると、カークライルがウォルターの背後にすすっと近づいた。

そして、唐突に主(あるじ)の後頭部を丸めたノートで殴りつける。

結構、いい音がした。

頭を押さえたウォルターが、くわっとカークライルを振り返る。

「いきなり何をする⁉」

丸めたノートを、ぽんと自分の手のひらで弾ませたカークライルは、主(あるじ)の剣幕(けんまく)を無表

情に受け止めた。

数秒間の沈黙ののち、先に目を逸らしたのはウォルターだ。

「……はっ」

カークライルが、絶対零度の眼差しでウォルターを見下ろす。その目は、口ほどに「バカめ」と言っているようだ。

クリステルはおののいた。

（あの……カークライルさま。一体何がお気に召さなかったのかはわかりませんが、いくらフリーダムな学生の身分だからといっても、さすがにそれはちょっと……）

周囲がどん引きするほど、側近候補筆頭の眼差しは冷ややかだ。ウォルターがぷるぷると肩を震わせる。

クリステルは、「がんばれー」と婚約者をはげましたくなった。

しばしの沈黙ののち、金髪碧眼のイケメン王子が顔を上げる。

「クリステル。……その、ドラゴン殿にお出しする菓子類は、すべてギーヴェ公爵邸の料理人が用意するの、かな？」

妙にぼそぼそとした声での問いかけに、クリステルは首を傾げた。

「いいえ。我が家の料理人にもがんばってもらう予定ですが、今までにシュヴァルツさまがお気に召したお店のお菓子を、いくつか用意しようと思っております」

そうか、とうなずき、落ち着かなく指先を何度も組み替えながらウォルターが続ける。

「……ええと、うん。よかったらドラゴン殿に、王宮の料理人たちが作った菓子を試してもらいたいな、なんて思ったんだけど」

クリステルは驚いて目を瞬かせ、それからふわりとほほえんだ。

「ありがとうございます、ウォルターさま。シュヴァルツさまも、きっとお喜びくださいますわ」

王宮の厨房で腕を振るう料理人となれば、名実ともに国一番の腕前を誇る者たちである。

禁域のドラゴンをもてなすために、素晴らしい逸品を用意してくれるだろう。

クリステルはとってもほこほこした気分になっていた。そんな彼女に、ウォルターの側近候補たちが「そうじゃない……！　殿下は、アナタに喜んでもらいたがっているんです！」という視線を向けている。

彼らの思いにまったく気づいていないクリステルは、ぽんと両手を合わせて口を開く。

「ウォルターさま。シュヴァルツさまは、香り高いブランデーやリキュールを多めに使ったお菓子がお好みのようですの。王宮の料理人たちに、そうお伝え願えますか？」

「……うん。わかった。――クリステル」

ウォルターがぐっと拳を握りしめ、意を決したように言った。

「当日は、俺も参加させてもらって構わないかな？」

「もちろんですわ。ウォルターさまのお好きな燻製のパイやエッグタルト、それにシードケーキを用意いたしますので、楽しみになさってくださいね」

クリステルは、曇りない笑顔を婚約者に向ける。しかし、その心の内では「シュヴァルツさまとお兄さまに加え、ウォルターさままでいらっしゃるというの……⁉　ふっ。よろしいですわ。これも美声に耐性をつけるための強化訓練の一環として、謹んでお受けいたしましょう……！」と決死の覚悟を固めていた。

そんな彼女に、ウォルターがほっとしたように笑みを向ける。

「俺の好物は、母上から聞いたの？」

彼が『母上』と呼ぶのは、この国の正妃だ。

クリステルは、ほほえんで答えた。

「はい。ウォルターさまは、男性に多い甘いものは苦手とおっしゃるタイプではない、とうかがっておりますわ」

「ああ、そうだね。疲れたときなんかは、甘いものが欲しくなる」

さらに嬉しそうに笑って、ウォルターは言う。

「でも、それを言うなら、カークライルのほうかな。こいつはこう見えて、美味い菓子の噂を聞きつけたら自分で買いにいくくらい、甘いものには目がないんだ」

「ば……っ」

突然名指しされたカークライルが、思いきり顔を引きつらせてウォルターを見る。

クリステルは首を傾げた。

（あら……？　なんだか、デジャヴ。あぁ、そうだわ。原作では、隠れ甘党でいらっしゃるカークライルさまの、ヒロインの逆ハー要員になるきっかけが、『素朴な手作りのお菓子』だったのよ。でもそれは、ヒロインの精神干渉能力のせいですわよね？　もし現実でもそんな落とされ方をされたのでしたら、いくらなんでもチョロすぎですわ）

ウォルターの側近候補のメンタルが、ちょっぴり不安になった。当のカークライルに目をやると、彼は何やらひどく慌てているようだ。

そんなに、甘いもの好きなのを知られたくなかったのだろうか。

しかし、こんなふうに話題を振られては仕方ない。

「カークライルさま。ほかのみなさまも、よろしければシュヴァルツさまとのお茶会に、ウォルターさまとご一緒にいらっしゃいませんか？」

『素敵な甘いもの』が集結する集まりに、彼らを招待するしかないではないか。

結局、学生会のメンバー全員が、次の週末に行われるギーヴェ公爵家主催のスイーツパーティーに参加することになった。

招待客全員が若い男性というのが、なんとも微妙である。

(できることなら、セリーナさんとステファニーさんもお招きしたいところですけれど……。シュヴァルツさまにお会いする人間は、極力少なくしておいたほうが無難ですものね)

その点、ウォルターたちは、全員すでにシュヴァルツと面識がある。

ある意味、招待客としては最適の人選だ。

クリステルは、うなずいた。

(……よし。ウォルターさまたちのお相手はお父さまとお兄さまにお任せして、わたしはシュヴァルツさまと目一杯、スイーツを楽しませていただきましょう)

ギーヴェ公爵家は、ウォルターが王となるときの後ろ盾だ。

ならば、ウォルターとその側近候補たちがギーヴェ公爵の男性陣と親交を深める機会は、多ければ多いほどいいだろう。

完璧な言い訳――もとい、理論武装でクリステルはウォルターたちの接待を父親と兄に丸投げした。

「……ウォル、おまえ。ほんっっっきで、阿呆だろ」

ぼそっとカークライルがつぶやく。温和なネイトや年下のふたりが、揃って憐れみの眼差しでウォルターを見ていたことに、お茶会について考えを巡らせていたクリステルは気づかなかった。

ロイが、ため息交じりに小声で言う。

「いっそのこと、僕からセリーナ殿に頼んで、クリステルさまにさりげなくお伝えしてもらおうかなぁ」

ハワードが、低い声でぼそっと応じる。

「やめとけよ。その憐れみは、却って酷だ」

ネイトはそんな後輩たちを見て言った。

「おまえたち。明日にでも、一角獣殿のいる牧場へ見学に行ってみないか？　うちの牝馬を連れていく前に、一度彼の様子を確認しておきたい。それに、ドラゴン殿もきっと気にかけていらっしゃるだろう」

後輩たちは一度顔を見合わせ、それからやけに朗らかな笑顔でネイトを見上げる。

「はい、ぜひ」

「おれも、一角獣殿の角の再生速度には興味があります」

彼らの会話から、ネイトが一角獣と実家の牝馬を交配させたがっていることをはじめて知ったクリステルは、なんと物好きなと思った。

（あら？）

そのときクリステルの制服の内ポケットで、通信魔導具が小さく振動をはじめた。

ウォルターたちに断って取り出してみると、シュヴァルツからの通信である。

今朝、ギーヴェ邸への招待について話をしたばかりなのに、何か急ぎの用でもできたのだろうか。

クリステルは、手早く通話に応じた。

「こんにちは、シュヴァルツさま。クリステルです」

『あぁ、突然すまない。ただ――これはもしや、おまえたちに伝えておいたほうがいいのだろうかと思ってな』

穏やかな彼の声は相変わらずの素晴らしさだったが、どうやら今は萌え転がっている場合ではないようだ。

一体何事か、と首を傾げたクリステルに、シュヴァルツはあっさりと告げる。

『今、以前そなたに教わった菓子店のある通りにいるのだが……。「バトンズ」という菓子店の売り子の娘が、ヴァンパイアにマーキングされている』

「……ハイ？」

　クリステルは、固まった。

　彼女のこぼした素っ頓狂な声を聞いたシュヴァルツが、一拍置いて口を開く。

『む。ひょっとして、そなたはヴァンパイアを知らぬか？』

　気遣う口調に、クリステルは慌てて首を横に振る。

「い、いいえいいえ、存じております！　申し訳ありません、少々驚いてしまいまして。その、シュヴァルツさま？　確認させていただきますわね。それは、菓子店の売り子の女性が、ヴァンパイアから交際を申し込まれている、ということでしょうか？」

　その瞬間、クリステルの脳裏を過ったのは、原作でヒロインをナンパしていた『結婚詐欺師のヴァンパイア』だった。

　クリステルの口から出たヴァンパイアという単語に、ウォルターたちのまとう空気が瞬時に緊張を孕む。

　なぜなら、強大な魔力を持ち、人間の血を捕食対象とするヴァンパイアは、危険な敵だ。その存在が確認されるとすぐに魔導騎士のエリートでハンターチームが編制されることになっている。

もしシュヴァルツの話が本当なら、すぐに王宮へ報告しなければならない。

ヴァンパイアは人間の生活様式を熟知しており、その営(いとな)みの中に簡単に入り込んでしまうのだ。

見失う前に、始末してしまわなければならない。

たしか『原作』の中で、ヒロインは「あなたは、あたしの血を吸ったりしないんでしょう？　だったら、ちっとも怖くなんかないよ！」と危機感皆無(かいむ)の笑顔でヴァンパイアをめろめろにしていた。

人を誘惑する能力を持つヴァンパイアまで骨抜きにするとは、つくづく彼女の精神干渉能力は規格外なレベルであるらしい。

（く……っ。こんな、心の底からどうでもいいことしか思い出せないなんて……！）

敵の襲来により危機感を覚えた脳が、もう少し『原作』知識を思い出してくれないかと期待したのだが、残念ながらそう都合よくはいかないようだ。無念。

ふと我に返れば、クリステルの言葉を聞いたウォルターたちが「……交際？」と戸惑った様子で互いに顔を見合わせている。

動揺のあまり、うっかり口を滑らせてしまった。

だが、今はそんな些細(ささい)なことを気にしている場合ではない。

シュヴァルツもわずかの間沈黙したのち、少々困惑交じりの声で答えた。

『まぁ……。一見、人間同士の番のように見えなくもない。昼日中に堂々と出歩いているところを見ると、それなりの階級にある個体なのだろう。そのわりに、魔の者の気配をまるで隠しきれていないのが解せんが』

（ハイ、ビンゴー！）

クリステルは心の中で叫んだ。これは、おそらく間違いないだろう。

――真っ昼間から太陽の下を平気で歩けるほど上級のヴァンパイアのくせに、強大すぎる自分の力をいまいち制御しきれていない、できそこない。

それが、原作でヒロインをナンパしたのち、本気で彼女に恋をするようになる結婚詐欺師のヴァンパイアである。

名前は忘れた。

だが、そんなけったいな個体が、そうそうその辺に転がっていてたまるか。面倒くさい。

クリステルは、苦悩した。

なんといっても、もし件のヴァンパイアが原作通りの性質を持っているなら、彼はとんでもなくお涙ちょうだいな過去の持ち主なのである。

彼は、ヴァンパイアとしてシュヴァルツと同じ長老級の力を持っているにもかかわらず、人間の血を吸って仲間を増やすことができない。

つまり、人間を同族に転化させられないのだ。

そのせいで仲間たちからつまはじきにされ、遥か北の森の奥深くにある里から追い出されてしまった、という設定である。

詳しい内容は忘れてしまったが、たしかほかにもいろいろと涙を誘う事情があって、彼はたったひとりであちこちの国を転々としながら生きている。

永遠の孤独と、辛い過去を持つ妖艶系の超イケメン。

メインヒーローであるウォルターが霞むほどの、それはもう全力で乙女心をくすぐりまくる、実に濃いキャラクターなのだ。

クリステルは、ぐっと拳を握りしめる。

(ヴァンパイアに転化する心配がないのでしたら、不特定少数の女性たちが、命に別状はない程度の血を極上のホストに貢いでいるようなものですもの。大した実害がない以上、わたしたちとはかかわりのないところで静かにゴハンを食べていてくだされば、と思っていたのに――まさか、シュヴァルツさまがヴァンパイアとの遭遇フラグを回収してしまわれるなんて……！)

いくらヒロインが退場済みだからといって、マッチョなドラゴンの化身をその代役にしなくてもいいではないか。

一見女好きのチャラ男だけれど、本当はとってもさびしんぼのヴァンパイア。

律儀で生真面目で素敵マッチョな、超美声のドラゴン。

二次元ならば大喜びで彼らふたりの関係を妄想していたかもしれないが、残念ながらここは現実の世界。

さっぱり萌えない。

むしろ、自分の魔力をきちんと制御できないヴァンパイアの危険性を思うと、冷や汗が背に伝っていく。

「あ……あの、シュヴァルツさま――」

「クリステル、ごめん。代わってくれるかな？」

震える声で言いかけたクリステルから、やんわりとウォルターが通信魔導具を奪った。

大丈夫だよ、と言うように柔らかくほほえんで、彼は通信魔導具に向かって口を開く。

「突然申し訳ありません、ドラゴン殿。スティルナ王国王太子、ウォルター・アールマティです。このたびはヴァンパイアの目撃情報を我が婚約者にお伝えいただき、心から感謝いたします」

ウォルターは、通信魔導具の設定を少し変更したようだ。

シュヴァルツの声が、こちらにもはっきりと聞こえてくる。

『いや、構わぬ。クリステルには、日頃から世話になっているからな。それで、どうする？　王子よ。あのヴァンパイア、潰しておくか？』

（やーめーてー！）

クリステルはおののいた。

ほかの面々も、揃って青ざめ、顔を強張らせている。

シュヴァルツの気遣いはありがたいが、街中でドラゴンとヴァンパイアの怪獣大戦争をおっぱじめられては、一体どれほどの被害が出ることか。

一気に緊張する周囲をよそに、ウォルターはあくまでも穏やかに応じる。

「ありがとうございます、ドラゴン殿。ですが、今回はそのお気持ちだけ受け取らせていただきます。確認しますが、ドラゴン殿の存在は、あちらに察知されてはいないのですね？」

『おそらくな。……む？』

シュヴァルツが、ふと何かに気を取られたように言葉を途切れさせる。

一同は息を詰めて次の言葉を待った。

『ヴァンパイアが、あの店の季節限定フルーツゼリーの、最後のひとつを購入した』

なんだか、とってもうらやましそうな声で報告された。

一瞬、体を傾けたウォルターは、すぐに気を取り直したように口を開く。

「了解いたしました。すぐにこちらで対処しますので、そのヴァンパイアの外見的特徴を教えていただけますか？」

『髪は銀、瞳の擬態色は淡い新緑。体格は、そなたと似たようなものだ。見目は、まぁ……ヴァンパイアだからな。先ほどから、人間の女たちが大勢振り返ってい――』

シュヴァルツが、再び不自然に言葉を切る。

今度はなんだ、と身構えていると、彼はなんとも言いがたい声で口を開いた。

『……すまん。今更なのだが、アレが本当にヴァンパイアなのか、少々自信がなくなってきた。いや、あの気配は間違いなくヴァンパイアのはずなのだが。……王子よ。そなた、マーキングした女たちに囲まれて身動きが取れなくなった挙げ句、はじまった喧嘩の仲裁に失敗。結局、女たち全員から平手打ちを喰らって、捨て台詞とともに去られたヴァンパイアというのは、見たことがあるか？』

学生会室が、しんと静まりかえる。

ヴァンパイアといえば、華麗にして典雅なる夜の貴族。

神の如く美しい容姿で見る者すべてを魅了し、血を奪うその瞬間に、最高の愉悦を獲物に与えるという。

憐れな獲物たちは、朝になって目を覚ましたとき、甘美なる夜の夢をすべて忘れている。

ヴァンパイアは、獲物と定めて血を奪った相手の記憶と意思を支配できるのだ。

ゆえに、彼らの襲撃を、獲物の周囲にいる者たちは気づけない。

気がついたときには、もうすべてが終わっている。

獲物はやがて体中の血を奪われて天に召されるか、あるいは彼らに気に入られ、その眷属として、人間とは違う新たな時間を生きることになる。

巷間で囁かれているヴァンパイアは、そんなとっても耽美ではた迷惑な化け物だったはずなのだが。

（ヴァンパイアのできそこないっぷりに、とんでもなくハイパーな磨きがかかっている……っ）

クリステルは、その場にしゃがみこんで頭をかかえたくなった。

一体どこの世界に、エサと定めた女性たちのキャットファイトに巻きこまれた挙げ句、その全員から平手打ちを喰らって逃げられるヴァンパイアがいるのだ。

もしや彼には、ヴァンパイアの基本スキルである〈催眠暗示〉すら搭載されていないのだろうか。

これなら、無意識に周囲を魅了しまくっていたヒロインのほうが、よほど立派にヴァンパイア役をこなせるに違いない。

そこでシュヴァルツが、通信魔導具の向こうで「おお」と感嘆したような声を上げる。

『さすがだな。あやつ、季節限定ゼリーの入った箱は死守していたぞ』

「……そうですか。せっかくの貴重な菓子が、無駄にならなくてよかったです」

どこか遠い目をしたウォルターが、淡々と言葉を返す。

クリステルは、シュヴァルツを『スイーツ好き男子』にしてしまったことを、心からウォルターに詫びたくなった。

このすさまじい脱力感の中、王太子としての冷静な態度を崩さない彼は、いずれ必ず立派な国王になってくれるだろう。

ウォルターが気を取り直すように小さく首を振って、ことさら静かに問いかける。

「ドラゴン殿。その女性たちの喧嘩に、菓子店の女性は参加していたのでしょうか？」

『ああ。はじめは、ヴァンパイアをかばう素振りをしていたのだがな。途中から、ほかの女たちと一緒になってあやつを攻撃していたぞ』

なるほど、とウォルターはうなずいた。

「それだけ派手な騒ぎになったのでしたら、ヴァンパイアが同じ女性に狙いをつけることはまずないでしょう。これからすぐに、ヴァンパイアハンターチームを編制いたします。ドラゴン殿。このたびはご助力のほど、誠にありがとうございました」

彼の感謝に、しかしシュヴァルツは、妙に歯切れの悪い調子で返してくる。

『うむ。この国の王子としては、それが妥当な判断だろう。だが、なんというか……たぶんあれは、おまえたちが思っているようなものとは違うのではないかな。少なくとも、おまえたちが脅威に感じるヴァンパイアとしての力を、あやつは持ち合わせていないように見える』

シュヴァルツが、ヴァンパイアを観察しながら話しているためか、少し考えるような間のあと、続けた。

『おそらくあやつは、マーキングをした人間の記憶をいじることができんのだ。そればかりか、もしかしたら生まれてから一度も人の血を摂取したことがないやもしれん』

思いのほか、シュヴァルツがヴァンパイアの特徴を詳しく報告してくれる。

人間の女性に負けるヴァンパイアというのは、長く生きている彼にとってもかなり珍しいものなのだろう。

興味を引かれる気持ちも、よくわかる。

「……なぜ、そう思われるのですか？」

ウォルターの疑問に、シュヴァルツはいつもよりゆっくりとした口調で答える。考えをまとめながらしゃべっているのかもしれない。

『あれだけの力の器があり、日の光の下でも平気で活動できる。人間の作った食べ物に対する執着から見て、ある程度はそれで空腹を満たすことが可能なのだろう。味覚から得る快楽を、自分の魔力に変換しているのだ。何より、女たちからはあやつのにおいがしたが、あやつからは女の血のにおいがまるでしない』

つまり、とシュヴァルツは言った。

『複数の人間に、同時にマーキングするほどの飢餓状態にあるヴァンパイアが、エサに囲まれて襲いかからないなどまずありえぬ。これは、私の推測に過ぎぬが……。あやつは、〝ヴァンパイアは、美しい人間の異性の血を奪うもの〟という思いこみで、女たちにマーキングをしただけなのだろう。だが、いざ血を吸おうとしたところで、牙が反応しなかったのではないかな』

ウォルターが首を傾げる。

「それは……その個体が、ヴァンパイアのできそこないだということですか？」

ヴァンパイアの牙は、普段は人間の犬歯となんら変わらないサイズだという。

それが獲物を前にすると、相手の血管を食い破り、血を啜るだけの長さと鋭さを得るのだ。

好みの獲物を見つけ、ナンパして住所を聞き出し、真夜中の訪問までこぎつけるとなると、いくらヴァンパイアレベルの美貌をもってしても、なかなか容易なことではないだろう。

なのに、いざ吸血しようとしたところで、己の武器がまったく反応しないとなると、それはもしや、男性が己の不能に気づいた瞬間に近い恐怖感なのではあるまいか。

クリステルはまだ見ぬヴァンパイアに対し、密かに深い憐憫の情を覚えた。

そんなことなど露知らぬシュヴァルツが、静かに続ける。

『そうではない。あやつはおそらく、ヴァンパイアの王だ』

（……ハイ？）

目を丸くした一同に、幻獣たちの王はゆっくりと告げた。

『数百年に一度、生まれるかどうかという存在だからな。おまえたちが知らぬのも、無理はないが……。ヴァンパイアの王が糧とするのは、膨大な魔力を孕んだ同族の血だ。魔力を持たない人間に、その牙が反応しないのは当然というものだろうよ』

少しの沈黙ののち、ウォルターがぼそっと口を開く。

「その個体が本当に『ヴァンパイアの王』という存在であった、と仮定した場合なのですが……。つまり、我々のような魔力持ちの人間であれば、捕食対象になりうるということなのでしょうか」

『……言われてみれば、そうかもしれんな』

相変わらず、シュヴァルツは雑だった。

とはいえ、いくらシュヴァルツが『魔力を持たない人間には無害なイキモノだと思うぞ』と言ってくれても、ヴァンパイアという種族そのものに対して人々が抱く忌避感は、決して小さなものではない。

人間を捕食対象とする、という意味では幻獣もヴァンパイアも同じだ。

しかし、ヴァンパイアは人と同じ姿をして『平和な日常』の中に入り込み、突如として血塗られた惨劇を起こす。

幻獣討伐にかかわらない一般市民にとって、何より大切なのは穏やかな日々の暮らしだ。

自分と同じ姿をして言葉を交わし、親しく付き合っていた隣人が、己を『エサ』としてしか見ていなかった。それは、幻獣に対する恐怖とはまったく別の、背筋がぞっとするような気味の悪さだ。

この世界のヴァンパイアへの対処法は、前世で知られていたものとさして変わりはない。

彼らが基本形である人間の姿でいるときに、心臓を杭で貫くのだ。

ものすごく、やりたくない。

今まで散々幻獣を討伐しまくっているとはいえ、やはり『人間のカタチをしたイキモノ』の命を奪うというのは、想像するだけでずしりと胃の底が重くなる。

幻獣とヴァンパイアの根本的にして最大の差異は『基本形が人型であるか否か』だ。

言葉や感情を共有できる、自分たちと同じ姿をしたイキモノを殺すことに、なんのためらいも抱かない者などいない。

おまけに彼らは、年若い下っ端の個体でも強大な魔力を持ち、獣に化けたり体の一部を武器化したりと、高い能力を持つ。

加えて、人間を傀儡化することもあるので、やりにくいことこの上ない。

ヴァンパイアが出現したときには、魔導騎士団の中から選りすぐりの精鋭たちが招集されるのが常だった。

だが、もしシュヴァルツが見つけた個体が本当に『ヴァンパイアの王』という存在であるなら、現在人間が認知している方法で対処しきれるかどうかもわからない。

貴重な魔導騎士を無駄死にさせるなど、言語道断だ。

ウォルターが、低く抑えた声でシュヴァルツに問う。

「お尋ねしてもよろしいでしょうか、ドラゴン殿。『ヴァンパイアの王』とは、通常の個体とどのような違いがあるのでしょう？」

その問いに答えが返るまで、少しの間があった。

何か、自分たちには言いにくいことでもあるのだろうか。

クリステルたちが息を詰めて待つ中、シュヴァルツはいつも通りの穏やかな声で言う。

『……少々、話が長くなりそうだ。今から、そなたたちのもとへ行く』

え、とウォルターが目を瞠るのと同時に、学生会室の一角に黒髪の偉丈夫が現れた。

その右手は、銀髪に淡い新緑の瞳を持つ、とんでもない美貌の青年の腕を捕まえている。

そのとき、空気が凍りつきびしっとひび割れる音を、クリステルはたしかに聞いた気がした。

（な……なな、何やってんですか、シュヴァルツさまぁぁああーっっ!?）

内心、思いきり絶叫したクリステルに、シュヴァルツは朗らかな笑みを浮かべる。

「久しいな、クリステル。といっても、通信魔導具では何度も話をしていたから、あまりそのような気はせぬが。こやつが、今話していたヴァンパイアだ。名は、フランシェルシアと言うらしい」

可愛らしい菓子店のロゴが入った紙箱をかかえた銀髪の青年は、何がなにやら、という顔で何度か瞬きをする。

大勢の女性たちから平手打ちを喰らったはずなのに、まったく頬が腫れていない。

いや、人間の女性の平手打ちでダメージを喰らうようなヴァンパイアがいても、それはそれで微妙なのだが。

彼は、『ヴァンパイアの王』などという仰々しい存在とはとても思えない、市井の若者のような仕草でぺこりと会釈した。

「ええと……。ご紹介に与りました、ヴァンパイアのフランシェルシアと言います。ところで、ここはどこなのでしょう？」

(こやつ、人前で堂々とヴァンパイアを名乗りよった)

クリステルは思わず素になって脳内でツッコミを入れた。

すでにシュヴァルツに紹介されたあととはいえ、それでいいのかヴァンパイア。

いくらなんでも、危機感がないにもほどがあるのではなかろうか。

クリステルは、嘆息した。

不思議そうに室内を見回す青年の問いかけに、一拍置いてウォルターが答える。

「……ここは、スティルナ王国王立魔導学園です。私は、学生会会長のウォルター・アールマティと申します」

この状況で、ごく普通に挨拶を返すウォルターを、クリステルは心から尊敬した。

そして、彼女は、その場に膝から崩れ落ちそうになる。

なぜならヴァンパイアは、異世界から地球にやってきた魔王さまの側近キャラと同じ声だったのだ。コミカルなセリフを演じてもなお、滲み出る色気。前世のクリステルはその声を聞くたび、幸せな気分に浸っていた。

クリステルの持つ『美声耐性スキル』は、今までの間にだいぶレベルアップしている。しかし、想定外の美声攻撃にはいまだに弱い。

……今回は、本当に危なかった。『ヴァンパイアの王』という未知の存在に対する危機感があったからこそ、どうにか平静を保つことができたのだろう。

クリステルは、己の生存本能が萌えに勝ったことに、心の底からほっとした。

銀髪のヴァンパイア――フランシェルシアは、こてんと首を傾げてシュヴァルツを見上げる。

「人間の学生さんが、どうして私にお菓子をくださるのでしょうか？」

クリステルたちはへ、と目を丸くする。このヴァンパイアは何を言っているのだろう。

一方、シュヴァルツは少し考えるようにしてから首を捻った。

「……ふむ。言われてみれば、いつもクリステルの厚意に甘えていたから、理由までは考えたことがなかったな」

「あぁ、そうなのですか。それでは、ドラゴンさんはその方と親しいお友達なのですね」

フランシェルシアが、楽しげに笑う。

「ご存じありませんか？　人間というのは、仲のいいお友達ができると、一緒に美味しいお菓子を食べる生き物なのですよ」

「なるほど。私もこうして頻繁に人の世に出てくるようになったのは、ほんの少し前からのことでな。今の人間は、私が昔見た者たちとは随分違っているらしい」

ほのぼのと言い合う彼らに、クリステルはおそるおそる声をかけた。

「あの……シュヴァルツさま。そちらの……あぁ、申し遅れました。わたしはウォルターさまの補佐を務めます、クリステル・ギーヴェと申します」

「ああ。あなたが、ドラゴンさんのお友達のクリステルさんですか。はじめまして。私のことは、フランと呼んでください」

にっこりと顔をほころばせるフランシェルシアの柔らかなほほえみは、まさに大天使のような清らかさである。

その笑顔のあまりに穢れのない美しさに、クリステルはサングラスが欲しくなった。

どうやら、シュヴァルツの人間嫌い設定同様、彼の結婚詐欺師設定も行方不明らしい。

クリステルは、若干目眩を覚えながらも、どうにか質問を続ける。

「シュヴァルツさま。あなたはなんとおっしゃって、フランシェルシアさまをこちらにお連れしましたの？」

フランでいいのに、と眉を下げるフランシェルシアを横目に、シュヴァルツはあっさり答えた。

「大変美味な菓子を食べられるところがあるから、少々時間をくれないだろうか、と」

「……そうですか」

ヴァンパイアとの遭遇フラグを回収したドラゴンは、ナンパフラグも一緒に回収したらしい。

ナンパというより幼児誘拐に定番の台詞のようだが、対象の外見が立派な成人である以上、これはナンパだということにしておく。

なんとも言いがたい空気が満ちる中、ウォルターがちらりとカークライルを見た。

その視線を受けたカークライルは、黙って仲間たちを連れて学生会室を出ていく。

それから、ウォルターは小さく咳払いをすると、ドラゴンの化身とヴァンパイアに応接セットのソファを示してほほえんだ。

「申し訳ありません。菓子は別室で用意しておりますので、もうしばしお待ちいただけますか？　それまでどうぞ、そちらにおかけになってお待ちください」

同じく社交用の笑みを浮かべたクリステルは、両手を合わせて口を開いた。

「おふたりは、紅茶とコーヒーでしたらどちらがお好みですか？　お砂糖とミルク、それからクリームにレモンもございますけれど」

シュヴァルツはブラックコーヒー、フランシェルシアはミルクティーがお好みらしい。

クリステルが手早くそれらを用意する間に、銀髪のヴァンパイアはテーブルの上で嬉しそうに菓子店の箱を開いていた。

先ほどシュヴァルツが言っていた、季節限定フルーツゼリーと思しき華やかな一品のほかに、見るからに美味しそうなケーキがいくつも入っている。

フランシェルシアは、クリステルが淹れたミルクティーを嬉しそうに受け取った。

「ありがとうございます。ここのケーキは、大変美味しいと評判なんですよ。みなさんも、よかったらどうぞ」

なんだか、ずいぶんと礼儀正しいヴァンパイアだ。

初対面でウォルターに喧嘩を売った一角獣とは、えらい違いである。

（あ。シュヴァルツさま、おとなげない）

フランシェルシアにお好きなものをどうぞ、と笑いかけられたシュヴァルツは、素早く季節限定フルーツゼリーを確保した。

どうやら、密かに狙っていたらしい。

彼らと向かい合う形で、ウォルターの隣に腰を下ろしたクリステルは、ルバーブのタルトをいただくことにした。

ウォルターが選んだのは、苺のムースケーキ。

フランシェルシアは、残り四つのスイーツをすべて皿に載せ、いそいそとフォークを手に取った。実に幸せそうだ。

しかし、あっという間にミルフィーユを食べ終え、コーヒーゼリーに手を伸ばしたところで、彼は何やら切なげにため息をつく。

「ドラゴンさんは、いいですね。人間のお友達と、こうしてきちんと仲よくできて。私も、お友達とは仲よくしたいのですが……。なぜかみんな、私がほかのお友達と仲よくすると、すぐに怒り出してしまうのです」

（お……お友達？）

クリステルは、思わずウォルターと顔を見合わせた。

フルーツゼリーを半分ほど平らげたシュヴァルツが、不思議そうにフランシェルシアを見る。

「そなた、あの女たちにマーキングしていたのではないのか？」

フランシェルシアは、きょとんと瞬きをして首を傾げた。

「マーキング？　ああ、この国の女性は、ずいぶんスキンシップがお好きなようですね。みなさん、すぐにくっついてくるのですよ。腕を組んだり、抱きついてきたり。そのせいで、私のにおいが移ってしまったのでしょう」

困ったように小さく苦笑して、彼は続ける。

「はじめは、とてもびっくりしました。私は北の里を出るまで、書物でしか人間の暮らしを学んだことがなかったので……。でも、誰も見ていないからといって、一応は男である私の服を脱がそうとしてくるのは、さすがにちょっとどうかと思います」

ため息交じりのぼやきに、シュヴァルツがなんとも言いがたい表情を浮かべた。

「それで……そなたは、どうしたのだ？」

フランシェルシアは、不思議そうに瞬きをする。

「どうって……。私は、いくらお友達でも、女性の前で服を脱ぐのは失礼だと思いますし。そう言ったら、みなさんもふざけるのはやめてくれました」

そうか、とシュヴァルツがほっとしたように肩の力を抜いた。

どうやら、フランシェルシアの『マーキング』は、彼をナンパした女性たちが揃って肉食系女子だった結果らしい。

クリステルは苦悩した。

（く……っ、なぜなのかしら。種族的には、人間の女性たちのほうが『食われる』側で間違いないはずなのに……。今、このぴゅあっぴゅあなヴァンパイアが、彼女たちに最後まで『食われて』いなくてよかった、なんて思ってしまうのは）

人は美しいものを目にすると、どうかそのままの美しさを保ってほしいと願ってしまう、欲深いイキモノなのである。

少し考えるようにしたシュヴァルツが、再びフランシェルシアに問う。

「なぜそなたは、ヴァンパイアの里を出てきた？」

その問いに、フランシェルシアは気まずそうな顔になる。

「お恥ずかしい話なのですが……。私は、どうしても人間の血が飲めなくて」

そう言って、ふぅと切なげにため息をつく。

（やはり、彼の牙は人間には反応しないのかしら）

フランシェルシアは、そこで何を思い出したのか、ものすごくいやそうに顔をしかめた。

「里にいた頃に、何度か仲間たちから、搾りたての生き血を分けてもらったことがあるのですけれど。あんなもの、くさいしまずいし、後味もべたべたして最悪です。冷めてしまったからまずく感じるのではないか、と言われて温めてもみましたが、今度はなんだかぼそぼそと硬くなって……。あんなものを、なぜみんなは美味しいと言って喜んでいるのでしょう。私には、さっぱりわかりません」

……一応、トライはしてみたらしい。

クリステルは『搾りたての人間の生き血』の採取方法は、詳しく考えないことにした。せっかくのケーキがまずくなる。

「仲間たちには、きちんと血を飲んで体力をつけなくては、魔力のコントロールもままならないと、随分叱られたのですけれどね。……その、私は人間の血は飲めないくせに、やたらと潜在魔力だけはあるようなのですよ。飢餓状態に陥った私の魔力が暴走してしまうと、里そのものが危険だと言われまして」

フランシェルシアの仲間たちは、寄ってたかってどうにか彼に人の血を与えようとしたらしい。

しかし彼は、そのあまりのまずさに耐えきれなかった。

見かねた族長に命じられた仲間たちが、近くにある人間の街でお菓子を買ってきたそうだ。以来その素晴らしさを知り、お菓子ばかり食べているという。

世の中には魅力的な食べ物がいくらでもあるのに、どうしてまずいばかりの人間の血を、わざわざ摂取しなければならないのか。

そう考えたフランシェルシアはある日、決心したらしい。

「それでまぁ、仕方がないので、コッソリ里から出てきてしまいました」

ささやかないたずらを告白した子どものように、ほんのりと頬を染めて笑う彼は、結婚詐欺師どころか箱入り育ちの家出小僧のようだった。

なんでも彼は人間の街を転々としながら、親切な女性たちに声をかけられては、美味しいお菓子をご馳走になっていたらしい。

女性の自宅に招かれることも何度もあった。

しかし友人たちは、フランシェルシアには初対面のときから驚くほど優しくしてくれるのに、互いに仲よくはしてくれない。

結局、いつも彼女らの喧嘩に巻きこまれ、そのたびフランシェルシアは友人をすべてなくしてしまうのだという。

「私は、みなさんに仲よくしてもらいたいのですが……。人間の女性は、難しいですね」

しょんぼりと肩を落として言う彼は、結婚詐欺師ではないかもしれないが、天然すぎる女たらしだった。

（……なるほど。美形揃いのヴァンパイアの里育ちなら、ご自分の美貌に無頓着すぎるのも納得です。けれど、世間知らずのはた迷惑な無自覚美形というだけならまだしも、いつ魔力が暴走するかもわからないなんて。そんな不発弾じみた危険物体など……ッ。今すぐ、ヴァンパイアの里にクーリングオフ――ではなく、速やかにお帰りいただきたいのですよー!?）

ヴァンパイアの魔力暴走ともなれば、被害規模は人間のそれとは比較にならないだろう。

想像するだけで、冷や汗が滲んでくる。

予想よりも遥かに厄介事の塊だったフランシェルシアに、ウォルターが冷静な声で問う。

「フランシェルシア殿。あなたは、そうやって菓子の類いを食べていれば、最低限の魔力のコントロールができる程度には満たされるのですか？」

「……ええと、はい。たぶん、大丈夫……ではないかと？　私は今まで、魔力を暴走させたことはありませんので」

いつの間にか、コーヒーゼリーからレモンパイに移っていたフランシェルシアは頼りなく答える。

シュヴァルツがあきれたように言った。

「何を呑気なことを。そなたの魔力が暴走してみろ。人間の街のひとつやふたつ、平気で焼け野原になるぞ」

（やめて怖い）

クリステルは青ざめた。

フルーツゼリーを食べ終えたシュヴァルツが、不思議そうにフランシェルシアを見る。

「それにしても……そなたの里には、若い者たちしかおらぬのか？」

「え？　あ、はい。そうですね。百年ほど前に、新しくできたばかりです。中でも私は、最も年少で……それが何か？」

フランシェルシアは首を傾げた。

ふむ、とうなずいたシュヴァルツが再び問う。

「里を分けた理由は？」

「そのとき私はまだ生まれていなかったので、詳しいことはわからないのですが……。なんでも、当時の里を二分する争いがあったそうなのです。――人間の血は、こってりタイプとさっぱりタイプのどちらが美味か、と」

（……なんですと？）

クリステルは半目になった。

隣でウォルターも、苺のムースが口の中で突然サバの味噌煮になったような顔をしている。

シュヴァルツは、黙って話の先を促した。

「人間の血を飲めない私には、さっぱりわからない感覚なのですけれど。結局、当時まだ二百歳未満だった者たちが、揃って里を出ることになったそうです。ひょっとして、私の血の好みは、旧い里のさっぱりタイプだったのでしょうか」

フランシェルシアが、真面目な顔で考え込む。

彼が所属していた若者たちの集う里は、人間の血の好みがこってりタイプだったらしい。

どこの世界のどんな種族でも、お年寄りになるとさっぱりとした薄味がお好みになるということなのだろうか。

中身はともかく、大変美しい外見のこのヴァンパイアは、どうやらあまり物事を深く考えるタイプではないらしい。

最後のエクレアに手を伸ばすと、あっという間に胃の中に収めてしまった。

お菓子は、いつから飲み物になったのだろう。

そう思ったところで、クリステルはふと首を傾げる。

（美味しいものを食べることで、多少なりとも魔力を得られるとわかっていたから、フランシェルシアさまの里のヴァンパイアたちは彼にお菓子を与えたのでしょうけれど……）

なぜ、よりによってチョイスしたのが、スイーツの類いだったのだろうか。

夜の貴族とも言われるヴァンパイアなのだから、ワインやチーズなどの耽美さ漂うものを選んでもよさそうなものだ。

本性がドラゴンであるシュヴァルツも、クリステルが餌付け――もとい、スイーツの素晴らしさを教えるまでは、濃度の高いアルコール以外に目を向けたことはなかったという。

過去の記録の中にも、ヴァンパイアがスイーツを好むという記述は見たことがない。

なんとなく違和感を覚えていると、シュヴァルツが小さく苦笑した。

「なるほど。おまえのような雛が、なぜ単独で人の世をふらふらしているのかと思えば……。里そのものが若い個体ばかりで形成されていたのだな」

この国の建国以前から生きているシュヴァルツにかかると、膨大な力を持つヴァンパイアであっても『雛』呼ばわりされてしまうようだ。

フランシェルシアは気を悪くした様子もなく、不思議そうな顔をして首を傾げる。

「年が若くても、私の里の族長は当代最強と誉れ高いヴァンパイアですよ？　いつも城の奥で昼寝をしてばかりで、たまに目を覚ましたかと思えば『暇だー、構え』と仲間たちに絡みにいっては、大変鬱陶しがられていますけれど。稀に里の中で争いごとが起きたときには、『喧嘩両成敗』の一言で、争いに加担していた者たちすべてを叩き潰して終わりにするような、どうしようもない面倒くさがりですけれど」

……なんだろう。

先ほどから、ヴァンパイアに対する『耽美』だの『優雅』だのというイメージを、崩されてばかりな気がする。

もしや、物事を先入観のみで判断してはいけないという教訓を目の当たりにしているのだろうか。

シュヴァルツが苦笑を深める。

「たしかに、群れを形成する者たちが、最も強き者に従うのは道理というものだ。しかしな。里を率いる長を名乗るのであれば、その者は旧き里から受け継ぐべき知識も、きちんと己のものとすべきであったと思うぞ」

「はぁ……」

ますますきょとんとした顔のフランシェルシアに、シュヴァルツは幼子に向けるような穏やかな口調で問う。

「そなたは、どのようにして里の一員となったのだ？」

フランシェルシアは、少し困った様子で答える。

「どのように……と言われましても。私は、気がついたときには里の外れにある湖におりました。たまたま私を見つけた族長にも問われたのですが、どうして自分がそこにいたかは知らないのです」

まさかの記憶喪失か、と思ったが、それを聞いたシュヴァルツは、特に驚いた様子もなくうなずいた。

「やはりそなたは、人間から転化したヴァンパイアではないのだな。自然発生の、古き始祖の力を持つヴァンパイアの王。私も、こうして直接会うのははじめてだ」

「しそ？」

フランシェルシアは「なんですか、それ？」と不思議そうに首を傾げたが、クリステルとウォルターは思い切り顔を強張らせた。

――ヴァンパイアの『始祖』。

それは、大陸中のどこの国でも、もはや伝説としてしか語られていない存在である。

この世に存在するすべてのヴァンパイアを生み出した、最初の存在。

すさまじいばかりの魔力を備え、我が子ともいえるヴァンパイアたちの頂点に君臨し、従える絶対の覇王。

少々毛色の変わったヴァンパイアの亜種かと思っていた相手が、そんな恐ろしい存在だったとは、とふたりは戦慄した。

それなのに、当の本人はあどけなくさえ見える困惑顔である。

クリステルは、脱力した。

本当に伝説級のイキモノであるというなら、それなりの覇気というか、威厳といったものを備えていてほしいと思うのは、矮小なる人間のわがままなのだろうか。

「ヴァンパイアの王が生まれるのは、数百年に一度。そなたの里が百年前にできたばかりだというなら、年若い長が知らずとも無理はないが……。いくら幼くとも、己の仕えるべき王を放逐するとは、まったく間の抜けたことだな」

あきれ顔で笑いを含んで言うシュヴァルツに、フランシェルシアが戸惑った様子で言う。

「えぇと……お言葉ですが、ドラゴンさん。私は、人間の血も飲めないヴァンパイアのできそこないです。仲間たちからも、散々そう言われてきましたし……。彼らの王などという大層な存在ではありませんよ」

途中から、フランシェルシアはしょんぼりと肩を落とした。仲間たちから「できそこない」と言われたときのことを思い出しているのだろうか。

先ほどの話では、彼は周囲から人間の血を分け与えられたり、叱られたりしていたということだった。

しかし、こうしてひとりで里を飛び出してきているということは、そこはフランシェルシアにとって、あまり居心地のいい場所ではなかったのだろう。

家出小僧には、家出するだけの理由があるものだ。

「エサとなる人間のことを学べと言われたので、城にあった人間の書物を片っ端から読んだのですが……。そこで知った素晴らしい詩や絵画について語り合おうとしても、誰も相手にしてくれませんでした」

フランシェルシアは、とっても寂しそうだ。

しかし、ヴァンパイアにとってそれらの知識は『エサを誘惑するときに使う話術のネタ』程度の認識なのだろうから、真面目に人間社会の芸術を語ろうと言われても、さぞ彼らも困ったのではなかろうか。

「いつも族長からは、私の潜在魔力が仲間たちを傷つけないようくれぐれも注意しろと言われていました。そのため、里の者たちが魔力を使って遊んでいるときにも、隅のほうで見ていることしかできませんでしたし」

ヴァンパイアの族長の気持ちもわからないでもないが、それでは完全に仲間外れである。

「せっかく族長が分けてくれた人の生き血を飲めない私を、陰でみんなが『恩知らず』ですとか、『穀つぶし』と言っているのも聞いてしまいましたし……。そう言われても仕方がないのはわかっていますが、やっぱり……辛かった、です」

フランシェルシアの瞳が、じわりと潤む。

（うぅ……っ）

なんだか、ものすごく胸が痛くなってきた。

いじめ、反対。陰口、よくない。

「だから、これ以上族長に迷惑はかけられないと思って、私は里を出てきたんです。はじめは少し大変でしたけれど、人間社会でお金を稼ぐ方法も覚えました。この国のお菓子は、美味しいので嬉しいです」

最後ににこりと笑ったフランシェルシアは、とっても健気な雰囲気を醸し出していて、実に可愛らしい。

クリステルは一瞬、フランシェルシアが幼女に見えた。

そして、そんな自分を全力でどつきたくなった。

いくら重度のオタク魂(だましい)保持者でも、見目麗(うるわ)しい成人男性が幼女に見えるような萌(も)え方はしたくない。

世の中には、決して越えてはいけない一線というものがある。

ウォルターは彼の可愛らしさではなく、ほかのことが気になったらしい。

慎重な声で、フランシェルシアに問う。

「……フランシェルシア殿。あなたは、どのようにして人間社会の金銭を手に入れているのですか？」

フランシェルシアは、あっさりと答えた。

「どこの国にも、見目のいい人間を食い物にする下賤(げせん)な者たちがいるでしょう？　どうやら私の外見は、彼らにとって随分(ずいぶん)いいエサになるようなので……。いくら私がヴァンパイアのできそこないでも、さすがに人間相手に後(おく)れを取ることはありませんから」

（ほほう）

少々意外な答えに、クリステルは感心した。

ぴゅあっぴゅあな純粋培養(ばいよう)の家出小僧かと思いきや、フランシェルシアは意外としたたかな面も持っているようだ。

もしかしたら、彼に金銭を奪われた者たちから被害届が出ているかもしれないが、あまり同情に値する案件ではないので気にしないことにする。

なるほど、とうなずいたウォルターは、シュヴァルツに視線を移した。彼は何やら孫を見る好々爺のような眼差しでフランシェルシアを見ている。

「ドラゴン殿。おうかがいしてもよろしいでしょうか？」

「む。なんだ？」

先ほどからシュヴァルツが、すっかり生き字引状態になっている。

さすがは、建国以前から生きている長老級のドラゴンさまだ。

シュヴァルツをギーヴェの屋敷に招待した折には、彼の好みそうなスイーツを全力で用意させてもらおう。

「我々は、『ヴァンパイアの王』という存在について、詳しいことは何も存じません。フランシェルシア殿が本当に王であったとして、彼がヴァンパイアの里を出たことでどのような影響が出ると思われますか？」

シュヴァルツは、少し困った顔でぽりぽりと頬をかいた。

「さてな。だが、本来ヴァンパイアにとって、始祖の力を持つ王とは絶対に従うべき存在だ。今はまだこやつがあまりに幼いゆえ、このような事態になっているようだがな。いずれ成熟したなら、ほかの王たちが気づいて寄ってくるやもしれん」

「……それは、ヴァンパイアの王たちの間で新たな覇権争いが生じる可能性がある、ということでしょうか？」

低く抑えたウォルターの問いに、シュヴァルツはどうだろうな、と首を捻った。

「私は何度か、ヴァンパイアの王同士が戦っているところを見たことがあるが……。あれは、互いに同等の力を持つ相手と手加減抜きにやり合うのを、ただ楽しんでいるように見えたぞ」

耽美系化け物代表のヴァンパイアの王は、まさかの戦闘好きの肉体派だった。

シュヴァルツの友達の一角獣といい、ここはそういうイキモノのいる確率が異常に高い世界なのだろうか。

「ただ、ヴァンパイアの王同士が戦闘状態に入ると、それぞれの支配下にあるヴァンパイアたちも非常に好戦的になる。その上、敵の群れと戦う力を得るため、通常より遥かに多くの獲物を襲うようになるからな。人間にとっては、少々迷惑な話かもしれん」

（それは『少々』とは言いません、シュヴァルツさまー！）

クリステルは蒼白になっておののいた。

知れば知るほど、フランシェルシアの危険度が、ますます上がっていく気がする。

彼とて好きでそんなふうに生まれたわけではないだろうが、人間というひ弱な種族にとって、存在そのものが危険すぎる。

いくら見た目が美しかろうと、どれほど性格がぴゅあっぴゅあで可愛かろうと、今すぐにでもヴァンパイアの里に……戻ったら戻ったで、いずれそこにいる者たちが彼の群れを形成するだけか。

クリステルは頭をかかえたくなった。

当のフランシェルシアは、ウォルターとシュヴァルツが話しているのが自分自身の問題だということを、いまいち実感していないのだろうか。

ミルクティーを飲み終え、名残惜しそうに空になったカップをソーサーに戻す。

クリステルは、条件反射でにこりと笑った。

「フランシェルシアさま。よろしければ、お茶のおかわりはいかがですか？」

「わぁ、ありがとうございます！　とても美味しかったので、嬉しいです」

ぱぁっと花が咲いたような笑顔である。可愛い。

クリステルは「コレは幼女じゃない、コレは幼女じゃない」と密かに唱えながら、身に染みついたお嬢さまスキルをいかんなく発揮し、シュヴァルツとウォルターにもそれぞれ新しい飲み物を用意した。

頭を使わない作業というのは、気分を落ち着けるのに大変有効だと思う。

その場の空気がほのぼのモードになりかかったところで、ふとシュヴァルツがウォルターを見た。

「そういえば、先ほどこちらに移動してくるとき、この建物を覆っていた結界を消去しただろう。今回は、できるだけ内部に衝撃がいかないよう配慮したつもりだったのだが、大事なかったか？」

さらりと告げられた言葉に、ウォルターとクリステルは固まった。

今の今まで、学園の敷地を守護している結界を消去されたことに、まったく気づいていなかったのだ。

お気遣い紳士であるシュヴァルツの繊細な技術力に驚けばいいのか、自分たちの迂闊さを嘆けばいいのか。

苦悩するクリステルの隣で、ウォルターが何事もなかったかのように柔らかくほほえんだ。

「はい。まったく問題ありませんでした。お気遣いありがとうございます、ドラゴン殿」

（……さすがです、ウォルターさま）

咄嗟（とっさ）にお嬢さまスマイルを浮かべるだけが精一杯だったクリステルは、改めてウォルターへの尊敬の念を深くした。

ひょっとして、カークライルたちがなかなか戻ってこないのは、学食でお菓子選びに手間取っているのではなく、結界を破られて騒ぎになっている学内を落ち着かせているからなのではないだろうか。

せっかくほのぼのとしかけていた空気に、またおかしな緊張が走ってしまった。

小さく息をついたウォルターが、フランシェルシアを見る。

「フランシェルシア殿。改めて確認させていただきます。――あなたにとって、人間の血液はエサにならない。そして、今後ヴァンパイアの里に戻られるお気持ちもない。間違いありませんか？」

フランシェルシアが、またしょんぼりと肩を落とす。

「……はい。私は、できそこないのヴァンパイアですから……。悲しいですが、あの里に私の居場所はありません」

クリステルは、ぎゅっと拳（こぶし）を握りしめた。

（あぁ……っ。そのうるうるお目々で今にも泣きそうな顔をなさるのはやめてくださいい……！　思い切り頭を撫でまわして、力いっぱいぎゅーしたくなっちゃうではありませんか！）

これが噂に聞く、ヴァンパイアの天然誘惑スキルなのだろうか。

妖艶系美貌の成人男性がいたいけな幼女に見えてしまうとは、なんて恐ろしい。

シュヴァルツが何かもの言いたげにしているが、こんなふうに思い詰めてしまっている相手には、何を言ってもそう簡単に届くものではない。

フランシェルシアにとって、魔力持ちの人間が捕食対象となるかどうかは、あえて触れない方向でいくつもりなのだろうか。ウォルターが、ゆっくりと穏やかな声で続ける。

「それでは、フランシェルシア殿。あなたさえよろしければ、私とお友達になっていただけませんか？」

（……へ？）

思いもよらない申し出に、フランシェルシアだけでなく、シュヴァルツとクリステルも同時に目を丸くした。

一国の王太子が、自称できそこないとはいえヴァンパイアと友誼を交わそうだなんて、「アタマ、大丈夫ですかー？」と真顔で問われても仕方のないところだ。

「あなたが人間を害する存在ではない以上、私があなたを忌避する理由はありません。――と、綺麗事だけを申し上げることができればいいのですが」

ウォルターは小さく苦笑して首を傾げた。

「正直に申し上げましょう。フランシェルシア殿。私は、あなたの魔力暴走が恐ろしい。あなたに今すぐこの国から出ていっていただけるのなら、それが私にとっての最善です」

「……はい」

フランシェルシアが、唇を噛んでうつむく。

ですが——と、ウォルターは柔らかな口調で言う。

「あなたは、とても寂しそうに見える」

ぱっと、フランシェルシアが顔を上げる。

ウォルターはそんな彼の視線を正面から受け止め、柔らかくほほえんだ。

「取引をしませんか？　私はあなたに『人間』として、この国に居住する権利を差し上げます。その代わり、あなたは今後も絶対に、この国の国民を襲わないとお約束していただきたい」

「『人間』として……？」

繰り返すフランシェルシアに、ウォルターはうなずいた。

「はい。あなたは少々見目麗しすぎるきらいはありますが、黙ってさえいれば、ヴァンパイアだと看破できる人間はいないでしょう。人間の作った詩や絵画がお好みなのでしたら、我が国に収蔵している詩集や名画の類いもすべて提供いたします。……まぁ、結局のところ、目の届かないところで魔力暴走を起こされるくらいでしたら、目の届くところでしていただいたほうが遥かにマシ、ということです」

「……はぁ。なるほど。そういうことですか」

フランシェルシアが、顎先に手を当てる。

（また随分と、思い切ったことをおっしゃいますのね。ウォルターさま）

婚約者の意外な一面に、クリステルは感心した。

フランシェルシアが『ヴァンパイアの王』という存在であろうとなかろうと、彼が現在人間を捕食対象としていないのは確かなようだ。

言葉を尽くして国外に退去していただくのも一手かもしれないが、彼がこの国のスイーツを気に入っている以上、コッソリと潜り込まれる可能性は充分にある。

ならばいっそのこと、この国の居住権を与えて所在を明らかにしておいたほうが、万が一の事態にもすぐに対処できる。

フランシェルシアの魔力暴走は、とんでもない脅威だ。

しかし、前もってその脅威を認識していれば、あらかじめ対処方法を講じておける。

（美味しいスイーツ、詩集に名画……。ヴァンパイアの魔力暴走を抑えるための武器と

しては、少々可愛らしすぎるラインナップのような気がいたしますけど）

もちろん、フランシェルシアの周辺に〈状態異常解除〉を即座に発動できる仕掛けを施しておくのは大前提だが、そもそも魔力暴走というのはそう頻繁に起こるものではない。

幼い子どもの癇癪は別として、本人が命の危険を感じるか、よほど精神的なショックを受けない限りは起きないものだ。

主の意向を汲んだクリステルは、フランシェルシアに向けてにこりとほほえむ。

「フランシェルシアさま。わたしからも、ぜひお願いいたします。あまり難しくお考えにならず、まずはこうしてご一緒におしゃべりをするところからはじめませんか？　そうですわ、ちょうど近いうちに、我が家で美味しいお菓子を楽しむ集まりを催す予定でしたの。いろいろなフレーバーのプリンが自慢ですのよ。よろしければ、フランシェルシアさまもいらっしゃいませんか？」

「プリン⁉」

「……クリステル」

フランシェルシアが目を輝かせ、シュヴァルツがじーっとクリステルを見つめてくる。

もちろん、クリステルは笑顔でシュヴァルツも招待した。

（ちょっと、お茶会の目的が変わってしまったけれど……。これも、結果オーライというやつなのかしら）

――その日クリステルは、プリンでヴァンパイアとドラゴンが釣れることを知った。

やはり、プリンは最強だ。

第四章　美青年ｏｒ美幼女？

（……一体、なぜこのようなことになったのでしょうか）

『幻獣たちの王』たる黒竜の化身であるシュヴァルツが、『ヴァンパイアの王』らしきフランシェルシアを拾ってきてから、数週間が経った。

その間に、ギーヴェ公爵邸で催したスイーツ祭り――もとい、お茶会はふたりに大層喜ばれ、見事に彼らの心をとろけさせてくれたらしい。

それ自体は、クリステルの望み通りでもあった。

ギーヴェ公爵家の料理人たちはその腕前をいかんなく発揮して、供されたプリンをはじめとする多種多様なスイーツたちは、どれも本当に素晴らしい出来栄えだった。

最初に話をしたときはさすがに微妙な顔をしていた家族も、人外のお客さまを完璧にもてなしてくれたと思う。

「む。今日のタルトは、ミックスベリーか」

「シュヴァルツさま。こちらのアーモンドクッキーも、とても香ばしくて美味(おい)しいですよ」

――ここは、ギーヴェ公爵家が有する別邸のひとつ。

そして現在、シュヴァルツとフランシェルシアがギーヴェ公爵家の客分として、毎日あらゆる意味でスイーツな暮らしを送っている屋敷である。

クリステルは、ぐっと両手を握りしめた。

人間の作ったお菓子に魅了されたふたりが、当面の間、人間社会で暮らすことにしたのはいい。

彼らのお世話をさせていただくのも、ドラゴン萌(も)えのオタク魂(だましい)保持者としてはどんと来いだ。

こうして休みの日に、ウォルターと一緒に彼らのご機嫌伺(うかが)いに別邸を訪問するのだって、問題ない。

フランシェルシアがシュヴァルツのことを、「とても素敵な呼び名ですね。私もそうお呼びしてもいいですか？」と言ってそう呼びはじめたことだって、誇らしかった。

けれど今、クリステルは今までに覚えがないほど動揺していた。

「……フランシェルシア殿」

挨拶(あいさつ)もそこそこに、フランシェルシアに呼びかけるウォルターの声が、微妙に揺れている。

気持ちはわかる。

ものすごく、よくわかる。

「その……お姿は、一体どうされたのですか？」

ウォルターが、抑えた声でフランシェルシアに問う。

ようやく目の前の現実が、己の脳が作り出した愉快な幻覚ではないと理解したクリステルは、その場に膝から崩れ落ちそうになるのをどうにか堪えた。

（シュヴァルツさま……。大変申し訳ありません。お二方はそもそも種族が違いますし、今はたまたま揃って人型を取っているだけなのは重々承知しているのですが……）

「え？　可愛くありませんか？」

きょとんと愛らしい仕草で首を傾げたフランシェルシアは、なぜか七歳ほどの幼女の姿になっていた。

艶やかな銀髪も淡い若草色の瞳も、そして芸術品めいた美貌も、青年バージョンの面影をそっくり引き継いでいる。

だが長く伸ばした髪を瞳と同じ色のリボンで結い、華奢な体を愛らしいドレスで包んだ『彼女』は、昨日までの『彼』とはまったく別の生き物に見えた。

たしかに、ヴァンパイアには変身能力があると聞いている。

人から転化した存在ではないフランシェルシアにとって、人型の外見を多少変化させることに、大きな意味はないのかもしれない。

それに単品でその姿を見せられたなら、きっと「まぁ、なんて可愛らしい」で済んだと思う。

だがしかし。

（そのお姿のフランシェルシアさまをお膝に乗せて、「はい、あーん」をされているシュヴァルツさまは、なんだか幼女趣味の変態に見えてしまいます……）

本当に、一体何がどうしてこうなった。

街中に放置しておくにはあまりに危険なフランシェルシアを、ギーヴェ公爵家の『管理下』に置くというのは、ウォルターから報告を受けた国王との話し合いで決めた結果だ。

国内に物騒な火種をかかえ込むのは極力避けるべきだという意見もあったようだが、その火種が知らないところで爆発するよりはマシだというウォルターの主張が通ったらしい。

そのため、ギーヴェ公爵邸で行われたお茶会は国王命令のもと、国賓をもてなすレベルの趣向を凝らされることになったのだ。

幸い、と言ってはなんだが、フランシェルシアはとてもヴァンパイアとは思えない、ぴゅあっぴゅあで非常に幼いところのある青年である。

もちろん、ヴァンパイアである以上、その知性の高さは普通の人間を遥かにしのぐだろう。

しかし、彼は里で暮らしていたときに接した人間が書いた本の影響なのか、それとも周囲のヴァンパイアたちから仲間外れにされていたからなのか、とても人間に対してフレンドリーだ。

フランシェルシアの美貌に惹かれて近づいた女性たちについて「お友達と仲よくしたかった」と言っていたところからしても、彼が「友達」という存在に憧れの感情を抱いていることは間違いないだろう。

そんなぼっちでさびしんぼなヴァンパイアを、美味しいお菓子とお茶でもてなし、自らの意思で『ギーヴェ公爵家の庇護』という豪華な檻に入ってもらえ。

そう命じた国王は、やっぱりちょっと怖い人だと思う。

フランシェルシアの可愛らしさを目の当たりにすれば、もうちょっとマイルドな言い方をしてくれただろうか。

結果的に、フランシェルシアは国王の望む通りの選択をした。

最初はひどく戸惑った様子ではあったが、人間たちの用意したお菓子に心をとろかされたのに加え、シュヴァルツが「よい話ではないか」と後押しをしたのが決め手となったようだ。

だがまさか、同じように素敵スイーツに陥落していたらしいシュヴァルツが、フランシェルシアとの同居を求めてくるとは思わなかった。

その上、当のフランシェルシアが幼女の姿になっているなど、思いもよらなかったのだ。

若干現実逃避しかけていたクリステルに、幼女バージョンのヴァンパイアを膝に乗せたシュヴァルツが言う。

「なかなかいいだろう？　この姿だと、フランシェルシアが私の娘に見えるようでな。ともに菓子店を訪れても、人間たちからおかしな目で見られんのだ」

クリステルは、シュヴァルツのことを一瞬でも「変態っぽい、怖い」と思った自分を深く恥じた。

彼らは彼らなりに、人間社会に上手く溶け込んで暮らす術を日々模索しているのだ。

たとえその結果が、ヴァンパイアが成人男性に化けたドラゴンの膝に乗っての「はい、あーん」であろうとも。

素早く己を立て直したクリステルは、にこりと完全無欠のお嬢さまスマイルを浮かべた。

「はい。とってもほほえましくていらっしゃいますわ。フランシェルシアさま。もしよろしければ、近いうちに女性向けの服や雑貨を扱っているお店にご一緒しませんか？　わたしは弟はおりますが妹はおりませんので、そういったショッピングに憧れておりますの」

シュヴァルツの膝の上で、一瞬きょとんと目を丸くしたフランシェルシアが、嬉しそうにぱぁっと頬を染める。

「はい！　ありがとうございます！」

クリステルは、目眩がした。

この愛くるしい幼女の本来の姿が、妖艶な美貌の成人男性だなんて、嘘だと言ってほしい。

それからしばしの間、他愛ないおしゃべりをしながらお茶の時間を楽しんでいると、フランシェルシアがにこにこと笑いながら口を開く。

「聞いてください、ウォルターさん。クリステルさん。実は私、先日からシュヴァルツさまに魔力のコントロールを教わっているんです」

「まぁ。そうなんですの？」

クリステルとウォルターは、驚いてシュヴァルツを見た。

うむ、とうなずいたシュヴァルツが、フランシェルシアの頭の上でぽんぽんと手のひらを弾ませる。

「そなたらが恐れているのは、こやつの魔力暴走なのであろう？　人の来ない森の奥であれば、多少乱暴な真似をしても問題ないからな。ヴァンパイア固有の術はさすがに教えられんが、基本的な魔力の扱い程度ならば私でも導いてやれる」

「シュヴァルツさま……」

クリステルは、感涙した。

隣に座っているウォルターが、フランシェルシアとシュヴァルツを見比べたあと、安堵の滲む声で礼を言う。

「ありがとうございます、ドラゴン殿。本当に、心から感謝いたします」

「いや、礼には及ばん。私も随分長いこと生きているが、これほど幼いヴァンパイアの雛と出会ったのは、はじめてなのでな。なかなか筋もいいし、育ててみるのも一興だ」

筋がいい、と言われて嬉しかったのか、フランシェルシアがふにゃりとほほえむ。

クリステルは、成人男性ってなんだっけ、とちょっぴり遠いところを見たくなった。

「魔力で遊ぶのって、楽しいですね！　里にいた頃は、危険だからとまったくさせてもらえなかったのですが、火トカゲの頭蓋骨程度でしたら、素手で握り潰せるようになりました！」

銀髪の幼女が、輝くような笑顔で言う。

火トカゲというと、全身を燃える鱗で覆われている上に大変気性が荒く、おまけに生命力の強さが半端ではないため、討伐の際にはかなりの手間と注意が必要な幻獣のことだ。

高温で燃える鱗をものともせず、素手で頭蓋骨を握り潰せるなんて怖い、とクリステルはおののいた。

シュヴァルツが、好々爺の如き穏やかな笑みを浮かべる。

「はじめのうちは、スピードもパワーも上手くコントロールできずに、標的以外の岩や地面を砕いてばかりだったのだがな。力加減を誤って、自分の体を潰してしまうことも珍しくなかった」

「あぁっ、シュヴァルツさま！　どうしてそんなことまで言っちゃうんですか!?」

ぷぅ、と拗ねたように頬を膨らませ、拳でぽこぽことシュヴァルツの胸板を叩くフランシェルシアは大変愛らしい。けれど、その体のどこがどのような惨状になっていたのかは、あまり考えたくなかった。

変身能力を持つ幻獣にとって、肉体の損傷に意味はない。

それぞれの核――ヴァンパイアであれば心臓を一息に破壊しなければ、その能力であっという間に再生してしまう。

フランシェルシアが多少怪我をしても問題ないというのは、クリステルたちも頭ではわかっている。

しかし、だからといって、まったく気にせずにいられるものでもない。

（あの、おふたりとも。その訓練のとき、フランシェルシアさまは成人男性バージョンなのですよね？　まさか、今の愛くるしいお姿で幻獣の頭蓋骨を砕いたり、ご自分のお体を潰したりはしていらっしゃいませんよね？）

たとえビジュアルだけの問題だったとしても、幼児虐待のようで胃が痛むので、ぜひやめておいていただきたい。

しかし、彼らの話を聞いていたウォルターは、胸にほのかなトキメキを感じていたらしい。

珍しく落ち着かない様子で何度か指を組み替えると、思い切ったように口を開く。

「ドラゴン殿。フランシェルシア殿。もしよろしければ、なのですが……フランシェルシア殿の訓練に、我々も参加させてはいただけないでしょうか？」

「む？」

「はい？」

シュヴァルツが意外そうな顔になり、フランシェルシアが驚いたように目を瞠る。

「おっしゃる通り、我々が最も恐れているのはフランシェルシア殿の魔力暴走です。万が一の際、確実にそれを抑えることができる対処法を構築するためにも、実際にフランシェルシア殿の魔力を知っておきたいのです」

（まぁ……。ウォルターさまったら）

ウォルターはきりっとした顔で、実にもっともらしいことを言った。

しかし婚約者とクリステルは、それなりに長い付き合いである。

特に婚約してからは、未来の夫、未来の主を最もそば近くで的確に支えられるよう、時間の許す限り、ストーカーの如く熱心に観察してきた。

そんなクリステルの目は、ごまかせない。

ウォルターは今、確実にわくわくしている。

彼は歴代王家の中でも、ずば抜けて優れた力を持って生まれた。

まだ年若く経験が足りないぶんだけ、年長の歴戦の者たちと戦えば土に膝をつけることもあるが、いずれ彼に敵う人間はいなくなるだろう。

そして、現在彼がいるのは同年代の者たちばかりが集う学園だ。学生同士で行う実戦訓練でも、生徒たちの安全性に最大限配慮した幻獣討伐遠征訓練でも、ウォルターが全力を出し切れる場面は皆無である。

そんな彼の目の前にいるのは、『幻獣たちの王』と『ヴァンパイアの王』という、まっとうな人間ならば勝負をしようとさえ思わないような、圧倒的な強者たちだ。

なんだかんだ言ったところで、ウォルターは自分の力の限界をまだまだ知らない十七歳。

そんな彼にとって、これほど美味しいエサもないだろう。

「なるほどな。私がそばにいるときであれば、多少フランシェルシアの魔力が暴走したところで問題はないが――」

「シュヴァルツさま。そもそも、あなたがおそばにいらっしゃれば、私の魔力が安定を欠くことはないと思います」

それもそうだな、はい、とドラゴンとヴァンパイアがうなずき合う。なんだか本当に親子のように見えてきた。

フランシェルシアが最初から今の姿で現れてくれていれば、なんの憂いもわだかまりもなく、クリステルも「なんて愛らしい……ッ」と感涙することができたはずだ。

つくづく、第一印象というのは大事だと思う。

いくら見た目が愛らしい幼女でも、本当は成人男性なのかと思うと、クリステルは混乱してしまう。

彼女の魂(たましい)は、処理能力を超えた萌(も)えを投下されるとぐらぐらと揺らいで、まったく安定しなくなってしまうのだ。

「……ふむ。私も、我が友と対等に戦ったそなたの力を、一度きちんと見ておきたいと思っていた。そのうち、私とも手合わせしてもらおうか」

「はい！　ぜひ、よろしくお願いいたします！」

シュヴァルツの言葉に、喜色満面(きしょくまんめん)でウォルターが応じる。

そこで、もくもくとクッキーを頬張っていたフランシェルシアが、不思議そうな顔をしてお父さん――もとい、同居人のドラゴンを見上げた。

「この国に、シュヴァルツさまのお友達がまだいらっしゃるのですか？」

「うむ。私の古い馴染(なじ)みだ。とても美しく力強い一角獣でな。名を、ディアン・ケヒトという。今は事情があって、この者らの世話になっているのだ」

……美しく力強い。

その表現は間違ってはいないのだが、彼(か)の一角獣の本質をまったく表していないと思う。

アレは、ただの喧嘩っ早い単細胞だ。おまけに、すこぶる口が悪くてキレやすい。

そうツッコみたくなるのを、クリステルはぐっと堪えた。

人間の書いた書物を読んで暮らしていたぼっちのヴァンパイアが、『一角獣』という単語を耳にした瞬間、瞳をきらきらと輝かせる。

「一角獣のお友達ですか⁉ すごいです！ 私もお会いすることはできますか⁉」

期待に満ち満ちたフランシェルシアのおねだり攻撃に、一瞬固まったシュヴァルツがこちらを見た。

残念ながら、彼の友達の一角獣の角は少しずつ再生してきているものの、まだまだ完全復活にはほど遠い。

先日、牧場に赴いて彼の様子を確認してきたネイトによれば、ようやく握り拳程度の大きさになったところだという。

角が再生しつつあるというなら、『一角獣』と名乗ることに不足はあるまい。

しかし、その名に憧れを抱いている純粋無垢な子どもに、額にぽこっとたんこぶのような角があるだけのイキモノを紹介しようものなら、一体どれほど落胆させてしまうことか。

珍しく額に汗を滲ませているシュヴァルツの代わりに、クリステルはできるだけすまなそうな表情と声を作って言った。

「フランシェルシアさま。シュヴァルツさまのおっしゃる通り、現在我が国にいらっしゃる一角獣さまは大変お美しく、お強い方です。ですがそのお美しさゆえに、先日我が国の不心得者に捕らわれてしまわれたのですわ。そのため、今はゆっくりと療養していただいているところですの。いずれ本復なさったら、シュヴァルツさまの森に帰られる予定です。申し訳ありませんが、あの方へのご挨拶はそのときまでお待ちいただけませんか？」

フランシェルシアは表情を陰らせ、こくんとうなずく。

ほっとした顔をしたシュヴァルツが、視線だけで感謝を伝えてくる。

クリステルはほほえんだ。

積極的に嘘を口にしなくても、子どもの夢を守ることは可能なのである。

内心ドヤ顔になっていた彼女に、フランシェルシアがおずおずと尋ねてきた。

「一角獣さんのお体は、いつ頃よくなりますか？」

「そうですね。一年ほど経てば、問題なく森に帰ることができるとうかがっておりますよ」

そうですか、とうなずいたフランシェルシアは、あどけない仕草でシュヴァルツを見上げた。

「シュヴァルツさま。一角獣さんの前では、やはり若い人間の女性の姿でいたほうが喜ばれるでしょうか？」

「む？　いや、おまえはヴァンパイアだからな。どのような姿でいても、すぐに力比べを申し込まれると思うぞ」

シュヴァルツが、クリステルが守り切った子どもの夢を全力で叩き壊しにいった。ひどい。

クリステルは、ちょっぴり泣きたくなった。

「……クリステル。きみは、がんばったと思うよ」

「……ありがとうございます。ウォルターさま」

ウォルターの気遣いが、身に染みる。

「力比べ……ですか？」

一方、『一角獣』と『力比べ』という単語が上手く結びつかなかったらしいフランシエルシアが、ひどく困惑した様子を見せた。

「うむ。あやつは、昔からなぜだか血の気が多くてな。まぁ、あからさまに自分よりも弱そうな相手に、喧嘩を売るような真似はしないのだが……。おまえはいくら幼くとも、ヴァンパイアの王だ。あやつにとって、力比べの相手として不足はなかろう」

フランシェルシアは青ざめ、ぷるぷると首を横に振った。

「いやです。私は、喧嘩は嫌いです」

「心配せずともよい。あと一年も鍛えれば、あやつともいい勝負ができるだろうよ」

楽しげに笑って言うシュヴァルツを、フランシェルシアが「そういうことを言っているのではないのですよ!?」と言いたげな顔で見た。そして、今にも泣きそうな涙目をこちらに向ける。

クリステルとウォルターは、そっと目を逸らした。

こうしてシュヴァルツとともに暮らすようになった以上、いずれフランシェルシアが一角獣と対面するのは避けられまい。

今から覚悟を決めておけば、それが現実となったときの傷も最小限で済むだろう。

とりあえず、見た目がいたいけな幼女の中身が、愛らしくもポンコツなヴァンパイアだと知っていてよかったと思う。

その身に将来必ず起こる悲劇がわかっても、クリステルの胸はあまり痛くならなかった。

＊＊＊

「あーっははは、あははははっっ」

銀髪のヴァンパイアが爪を振るうたび、ウォルターの目の前でどす黒い血が弾ける。

すらりとしたヴァンパイアの体躯は、人間と――ウォルター自身のものとほとんど変わらない。

だが、その指先から伸びた長く鋭い爪と、擬態色の解けた深紅の瞳が、彼が人非ざる存在であることを示している。

楽しげに、まるでおもちゃで戯れる人の子のように目の前の獲物を引きちぎっては捨てるその姿を、おぞましいと思う者もいるだろう。

実際、彼はひどい興奮状態に陥っている。

常ならばあのヴァンパイアが、獲物の血に酔って笑う顔や、彼自身の種の証である瞳の色を、こんなふうに人の目に晒すはずはない。

人間たちの用意した菓子を嬉しそうに口にして、いつもふわふわとした笑顔を浮かべている。

それが、ウォルターたちのよく知る、フランシェルシアというヴァンパイアの姿だ。

（これは……クリステルを連れてこなくて、正解だったな）

ウォルターは、心の中でため息をついた。

彼の可愛い婚約者は、フランシェルシアが幼い少女の姿で過ごすようになってから、休日のたびに友人たちと寄ってたかって構い倒している。

ほとんど人形遊びのノリだったが、本人たちが楽しそうにしているので、どうこう言うつもりはない。

ああいうテンションになった女性陣の行動に文句をつけるほど、ウォルターの心臓は頑丈にできていないのだ。

今日、シュヴァルツに招かれた『フランシェルシアとの合同訓練』に参加しているのは、クリステル以外の学生会のメンバー。つまり、ウォルターと側近候補の仲間たちだ。

クリステルが参加していないのは、シュヴァルツの意向である。

曰く、『まだまだ不安定なフランシェルシアの魔力で、若い娘の体に傷がついては困る』。

自ら戦う術を知っている彼女は納得がいかないという顔をしていたが、招待主がそう言う以上は仕方がない。

そうして、シュヴァルツの〈空間転移〉でやってきた森の奥。

人里離れた、幻獣たちの世界。

シュヴァルツの住処から遠く離れたここは、想像していたよりも遥かに危険な幻獣たちの巣窟だった。

ウォルターたちはすかさず陣形を組み、次々に襲いかかってくる幻獣に応戦した。そのただ中にフランシェルシアを放置したシュヴァルツは、空中に留まって高みの見物である。

最初は肝を冷やしたものの、すぐにそんな心配は無意味なのだと悟った。

フランシェルシアに片手でねじ切られた醜い幻獣の首が、転々と地面を転がっていく。それに見向きもせずに次の獲物に爪を突き立て、無造作に引き裂く彼の姿に、ウォルターは奇妙な既視感を覚えた。

自らの力の使い方を覚えたばかりで、それを解放できる場が与えられたことが嬉しくてたまらない。

そんな歓喜を、知っている。

（……あぁ。あれは、外に出ることを覚えたばかりの俺——か）

幼い頃、幻獣討伐に参加することを許される前。

ウォルターの世界は、王宮の中で完結していた。

城壁の上から望む『外の世界』があることは知っていたけれど、一度も触れたことのないそれは、書物の中に描かれた絵空事となんら変わらない。

自由で美しく、そして危険で残酷な場所。

安全な城の内側から見ているばかりの『外の世界』に、最初に抱いたのは憧れだったのか、それとも恐怖だったのか。

そんなささやかな感傷に、意味などなかった。

王族の義務だと命じられ、はじめて幻獣討伐に参加したときから、ウォルターにとって『外の世界』とは血と臓物と断末魔（だんまつま）に彩（いろど）られた戦場だった。

あの頃の自分が恐怖を覚えていたのかは、よく覚えていない。

ただ、有力貴族出身の母を持つ『弟たち』が、王宮の内側でいつまでも『外の世界』を知らずにいることに、ほんの少し疑問を持った。

まだクリステルに出会う前のウォルターは、いずれ『弟たち』の誰かが王位を継ぐものだと思っていたから。

王位に無関係な自分でさえ知っていることを、いずれ王となる者たちが知らないままでいるのは、やはりおかしなことではないのだろうか、と不思議に思った。

けれど、そんな曖昧（あいまい）な疑問を明確なカタチにするほど、ウォルターは『弟たち』に興味がない。

ただ、『外の世界』を楽しんだ。

『弟たち』の知らない世界、鮮血の色に染まった戦場で、自分の身の内でくすぶる熱を解放するのが、楽しくてたまらなかったのだ。

だから、浮かんだ疑問について深く考えることもなく、ひたすら血にまみれて戦っていた。

過去の記憶を思い出しながら、ウォルターは仲間たちに命令した。

「――カークライル。前方、小型種の群れを排除しろ。ネイト、ロイ、ハワードは、フランシェルシア殿の後方から接近中の中型種に一斉攻撃。全員、背後は気にしなくていい」

耳に装備した通信魔導具越しに、仲間たちの声が返る。

命を預けて、預かって。

そんなことが当たり前になったのは、いつのことだったか。

仲間たちの背後に目を配りながら、彼らが自由に動けるようにフォローすることを覚えた。

戦うためではなく、自分たちが生き残るために力を使う。

そうしていつの間にか、生きる理由が少しずつ増えていった。

狭かった世界が、広がっていく。

そこは決して美しく優しいばかりのものではなかったけれど、そのたび呼吸をするのが楽になっていった。

いつしかウォルターは、自分はひとりで生きているのではないと信じられるようになったのだ。

（……ああ。戦っているときに、昔のことなんて思い出すもんじゃないな）

恥ずかしさのあまり、うっかり無駄弾を撃ちそうになる。

昔の自分は、何もわかっていなかった。

たぶん、たったひとりで戦っている気になっていたのだと思う。

自分の命を、自分の力だけで守っていると思っていた。

そんなはずが、なかったのに。

幼く、戦場での経験の少なかった子どもが今まで命を繋いできたのは、本能のままに武器を振り回しているだけの背中を守ってくれた誰かがいたからだ。

今、ウォルターが無防備に暴れるフランシェルシアの背中を、こうして守っているように。

「あははははっ！」

フランシェルシアは明るく、どこか調子のはずれた笑い声を上げる。

本当に、楽しくてたまらないのだ。

知っている。

自分が今、生きていると実感できることが嬉しいのだ。

それがたとえ、どんなにおぞましいカタチでも。

そのとき、邪魔な小型種をすべて殲滅(せんめつ)したカークライルから通信が入った。

『ウォル。あのヴァンパイアのにーちゃん、完全にイッちまってるぜ？　そろそろネイトたちのほうも片がつきそうだが、どうやって戻す？　ドラゴン殿にお願いするか？』

ウォルターは束の間、迷った。

今回の合同訓練で、ウォルターがシュヴァルツに求めたのは、フランシェルシアの魔力がどの程度のものなのかを確認したい、ということだ。

菓子好きの変わり者同士で気が合ったのか、シュヴァルツはフランシェルシアを随分(ずいぶん)可愛がっている。彼に頼めば、すぐにフランシェルシアを鎮(しず)めてくれるだろう。

だが――

「……いや。俺が行く。おまえたちは、周囲の警戒を」

本当に、自分の甘さがいやになる。

過去の恥ずかしい己を思い出させる存在を、他者の手に委ねて放っておけない。

フランシェルシアがはじめて目の前に現れたとき、本当はすぐに殺すつもりだった。

シュヴァルツがどう言おうとも、ヴァンパイアという種族は人間を捕食する。

その現実がある以上、王太子であるウォルターにとってフランシェルシアは敵だ。それ以上でも、それ以下でもない。

……なのに、クリステルが淹れたお茶を、嬉しそうに飲んだりするから。

彼女と目を合わせて、会話をしたりするから。

フランシェルシアが何か言うたび、クリステルの瞳に情がわいてくるのを見てしまった。もうその心臓に刃を突き立てることなどできるはずがない。

つくづく、自分は国王なんてものには向いていないと思う。

どんなに危険な存在であっても、それが失われることでクリステルがほんのわずかでも傷ついてしまうと思えば、排除できない。

いつかは、それが許されない日がくるのだろう。

けれど、まだまだ『青二才』であることを許される今は、思う存分若さの特権を振り回させてもらいたい。

ざっと周囲を見回し、当座襲いかかってきそうな幻獣がいないことを確認したウォルターは、ゆっくりと歩き出した。

今、フランシェルシアは極度の興奮状態にある。

下手な近づき方をすれば、問答無用で攻撃対象とされかねない。

ふーっ、ふーっ、と獣のような呼吸を繰り返す相手に、その攻撃可能半径のぎりぎり外から声をかける。

「フランシェルシア殿」

ぴくり、と血まみれの薄い肩が揺れた。

ひどくゆっくりとした動作で振り向き、ウォルターを映した彼の瞳は、鈍く輝く紅蓮。

その手を汚す血が捕食対象のものではないためか、牙は伸びていない。

しかし、その獣じみた目のみならず、白皙の肌を禍々しく彩る暗褐色さえ美しく見せてしまう彼は、やはり人外の存在だ。

ならば、とウォルターは思った。

クリステルに出会う前の自分は――血に酔った今のフランシェルシアに、酷似している幼かった頃の自分は、人間の枠組みから外れて生きていたのかもしれない。

ただ、目の前の敵を殺して、それだけを己の存在意義だと思い込んでいた頃の自分は、本当に人間として生きていたのだろうか。

「私の声が、聞こえますか？」

そうフランシェルシアに問いかけながら、少し不思議に思う。

これほど血にまみれても、フランシェルシアはいまだに人間を捕食対象として認識する様子はない。

シュヴァルツは、彼を『ヴァンパイアの王』だと言う。

フランシェルシアの深紅の瞳は、彼がヴァンパイアの一員であることの証だ。

だが、人と同じ言葉で語り、人と同じものを口にして喜び笑う彼にとって、人間の血はエサにならない。

同族たちの集う里で、『できそこない』と言われたと泣きそうな顔をしていた彼は、一体自分たちと何が違うというのか。

わからない。

そもそも、自分が彼を理解する必要はないのかもしれない。

――それでも。

「フランシェルシア殿。今日の訓練は、ここまでです。クリステルが、あなたのお好きなお菓子を用意して待っていると言っていました。……大丈夫です。周囲にはもう、あなたに牙を剥くものは何もいません」

放(ほう)っておけない。

彼は、あまりに自分に似ている。

自分の力に酔って、血のにおいに酔って、自分自身と世界の境界線が曖昧(あいまい)になった。

ウォルターは、フランシェルシアの紅(あか)い瞳を見て小さく笑う。

「それとも、これから私と手合わせしていただけますか？　一対一、互いに致命傷を与えないことだけをルールにして」

紅蓮(ぐれん)の瞳が、瞬(また)く。

生存本能にだけ支配されていたそこに、ゆるゆると戻ってきた感情は、戸惑いだろうか。

「……ウォルター、さん」

「はい。なんでしょう？」

燃え盛る紅蓮(ぐれん)の瞳が、ゆっくりと穏やかな若草色に戻っていく。

その指先を飾っていた長い爪が消え、まとう空気が見慣れた穏やかなものになる。

どんな魔術を使っているのか、その全身を染めていた返り血さえ消してしまったフランシェルシアは、やがてぽつりと口を開いた。

「ウォルターさん、は……私が、怖くないんですか？」

「もちろん、恐ろしいですよ。こうして実際にあなたの魔力を拝見して、ますます怖くなりました。もしあなたが暴走状態に陥ったなら、私ひとりではまず止められないでしょうから」

そう答えると、フランシェルシアは一瞬きょとんとした顔になり、それから困ったように首を傾げる。

「えぇと……その、なんて言うか……そういうことじゃ、なくて」

自分の中の疑問をどう言葉にすればいいのかわからないのか、フランシェルシアは何度も言葉を途切れさせた。

「私が、何もしなくても……里のみんなは、近づいてこなくて。私は、みんなと、違っていたから。ここにいていいんだ、って、言ってくれたの……族長、だけで。でも、族長は、私を拾ってくれたから。拾ったものは、面倒みなきゃって……義務、だから」

いつもより、話し方が幼い。

まだ、戦闘時の興奮が抜けきっていないのだろうか。

(子どもの相手ならば、クリステルのほうが得意なんだが……)

ウォルターは、彼女のように優しくない。

子どもを上手にあやす方法なんて、教わったことがないからわからない。

だから、今のウォルターにできるのは、こうして相手の言葉をじっと待つことだけだ。

「私、は……」

すでに血の痕さえ残っていない手を握りしめ、フランシェルシアは震える声で言う。

「あなた方と、同じ……人間に、生まれたかった。ずっと……人間のほうが、優しい」

――そうなのだろうか。

人間は、それほど優しい存在だろうか。

少し考え、ウォルターはできるだけゆっくりと口を開く。

「それは、あなたが人間に対して優しくあったからではありませんか?」

「……え?」

潤んだ若草色の瞳が、ウォルターの姿を映している。

その眼差しは幼く、無垢だ。

「人間は、あなたが思うほど優しい種族ではありません。もちろん、中には芯から優しく慈愛に満ちた者もいるでしょう。ですが大抵の人間は、優しくしてくれた相手にしか優しさを返すことができない。我々は、そういうものです。……フランシェルシア殿。あなたが今まで出会った人間があなたに優しかったのは、あなたが優しい方だから。あなたが人々に優しくあったから、彼らはあなたに優しさを返した。そういうことだったのだと、私は思います」

ウォルターは、子どもが苦手だ。

まっすぐにこちらを見つめる瞳は、いい加減な嘘を許さない。

自分よりもずっと年上だろう相手を、幼い子どものように感じるなんておかしいとわかっている。

彼が、長命なヴァンパイアという種だからだろうか。

彼らと人間は、生きる時間が違うから。

「……あなたは、ヴァンパイアです。けれどあなたは、人間に優しくすることができる。私にとっては、それで充分です」

ウォルターは、にこりと笑いかける。

ヴァンパイアとして生まれながら「人間に生まれたかった」と泣く、愚かで憐れな、けれど人間よりもずっと優しい彼に。

ウォルターには、幼い頃から背中を守ってくれる誰かがいた。

今も、命を預け合える仲間がそばにいる。

けれど、フランシェルシアのそばに、彼の同族はひとりもいない。

彼を『できそこない』と決めつけ、貶め、自ら里を捨てさせてしまった。

「そういえば、まだお返事をいただいておりませんでしたね。フランシェルシア殿。……

「私と、お友達になっていただけませんか？」

自分たちの時間が、彼にとってはほんのわずかなものでしかないことくらい、知っている。

人間は、彼と同じ時間を生きることはできない。

だからこそ、ウォルターは少しでも彼に教えてやりたいと思った。

「私があなたに笑いかけることができなくなれば、それですべてが終わりです。友人関係なんて、その程度の無責任で気楽なものです。ただ、私はあなたがヴァンパイアであろうとなかろうと、友人になれれば楽しい時間を過ごせるだろうと思っています」

人間は、彼が思うほど優しくなんかない。

それでも、たとえほんのわずかな時間であっても、ともに過ごすことはできるのだ。

フランシェルシアが人に優しくある限り、その優しさに応える人間は、必ずどこかにいる。

いつか年老いた自分たちが、彼をこの世界に置いて逝っても。

「私……は……」

くしゃりと、銀髪のヴァンパイアの美貌が歪む。

「お友達には、フラン、と……呼んでほしい、です」

「はい。わかりました、フラン。それでは私のことは、ウォルと呼んでいただけますか？」

フランシェルシアが、こくんとうなずく。

へにゃ、と笑み崩れた彼の背後に、ウォルターはぱたぱたと振り回される犬の尻尾を幻視（げんし）した。

「男性のお友達は、はじめてなので、嬉しいです」

なるほど、とウォルターは苦笑する。

そういえば、今まで彼に近づいてきた『お友達』は、すべて彼の美貌に惹（ひ）かれた女性たちなのだったと聞いた。

ならば、と周囲を警戒しつつこちらの様子をうかがっている仲間たちを指し示す。

「彼らは、私の信頼できる友人です。よければ、全員まとめてあなたの友人にしていただけませんか？　黒髪で性格と口が悪く、あなたと同じ甘いものが好きなのがカークライル。一番背が高く、黙っていると怒っているように見えますが、実際はただぼーっとしているだけなのがネイト。一番小さいのがロイ。根暗（ねくら）そうに見える、レース編みの腕前がプロ顔負けなのがハワードです」

はぁ、とフランシェルは間の抜けた声をこぼした。

その彼とウォルターに向けて、仲間たちからぎゃんぎゃんと抗議の声が降ってくる。

「おいコラ、ウォル！　てめぇにだけは『性格が悪い』とか言われたくねーぞタコ！」

真っ先に叫んだカークライルに続いて、ネイトが低い声で言う。

「自分だって……好きで怒ったように見られているわけでは……っ」

意外と鬱陶しかった彼に続き、ロイがボーイソプラノを張り上げた。

「僕の説明が『小さい』だけとか、ちょっとひどくないですかー!?　あぁっ！　ひょっとしてこの間の戦闘訓練のあと、セリーナ殿がイニシャル入りのタオルを差し入れしてくれたの、見てたんですか!?」

見ていない。

主よりプライベートの充実している部下は、爆発するべきだとウォルターは思う。

「……あの、殿下？　なんであなた、おれの趣味をご存じなんですか……？」

最後に、ハワードがぼそっとつぶやいた。

「世の中には、おまえの知らない情報網というのがあるんだ」

ただ単に、先日面会した王妃から聞いただけである。

そんな彼らの様子を呆気にとられた顔で見ていたフランシェルシアは、それからくすくすと楽しげに笑い出した。

「みなさん、本当に仲がいいのですね」

「そう率直に言われると少々面映ゆいものがありますが、みな楽しい連中ですよ」

　辺りには倒した幻獣たちの死骸が散乱しているが、非常にほのぼのとした空気である。

　そんな中、ずっと上空で手出し口出し無用を貫いていたドラゴンの化身が、ふわりと降りてきた。

「ウォルター。クリステルは、今日は何を用意していると言っていた？」

　彼の甘いもの好きは、もしかしたらウォルターの想像以上なのかもしれない。

「はい、ドラゴン殿。今日は、各種ワインゼリーとマカロン、それにミルクレープとフォンダンショコラ、バニラアイスをご用意すると言っていました」

　ウォルターは、甘いものが苦手ではないが、特に好きというわけでもない。言っているだけで、なんだか胸やけしそうだ。

　しかし、シュヴァルツはそれはそれは嬉しそうに笑み崩れ、ひとつうなずくとさらりと言った。

「いつまでも種族名で呼ばれ続けるのも、何やら鬱陶しいな。そなたたちも、今後はクリステルやフランと同じように『シュヴァルツ』と呼ぶといい」

　突然の名前呼び許可に硬直する人間たちをよそに、シュヴァルツはフランシェルシアに向けて両腕を広げる。

「では、帰るとするか。――おいで、フラン」

「はい！　シュヴァルツさま！」

弾むような声で答えてその腕に飛び込んだとき、すでにフランシェルシアは外見年齢推定七歳の少女の姿になっていた。

彼らが人前に出る際にはこの『親子バージョン』になることはわかっているが――

「……なぁ、ウォル。オレらにフランの『お友達』になれってんなら、まぁやぶさかではないんだが。……それ、あいつが野郎バージョンのときだけにしてもらえると、とっても嬉しい」

仲間たちを代表したカークライルの要請に、ウォルターは黙ってうなずいた。

フランシェルシアと友情を築きたいのはやまやまだが、さすがに周囲から幼女趣味を疑われるのは、心の底からごめんこうむりたいのである。

第五章　北からの訪問者

クリステルにとって、現在無条件で敬愛すべき男性はこの世に四人いる。

国王、父親、婚約者。

そして、兄のエセルバート・ギーヴェである。

（ふ……っ。お兄さま。まさかお兄さまがフランシェルシアさまの魔力暴走対策を担当なさるなんて、さすがに想像しておりませんでしたわ）

まぁ、よく考えてみれば、現在シュヴァルツとフランシェルシアの後見役を務めているのはギーヴェ公爵家である。

その後継者であるエセルバートが、『管理下』にあるヴァンパイアの安全対策を担う（にな）のは、ある意味当然だったのかもしれない。

とはいえ、彼らの正体を知っているのは、ごく限られた人々だけだ。

王都の中心からは少し離れたところにある別邸とはいえ、ドラゴンとヴァンパイアが寝起きしているなど、巷（ちまた）にばれたら大騒ぎになってしまう。

シュヴァルツが自分の森へ食事に帰っている間、フランシェルシアは学園の高等学部に来てエセルバートの研究に協力しているのだが、その際は異国からの短期留学生という身分を使っている。

もちろん、実際にフランシェルシアに接触する高等学部の学生はエセルバートひとりだ。人手が必要な際には、事情を知るクリステルや、ウォルターの側近候補たちが呼び出されることになっている。

とはいえ、今までエセルバートが誰かを手伝いに呼び出したことはない。少々研究バカなところのある彼にとって、人に何かを頼むより自分でやってしまったほうが、早くて確実で安全なのだ。

クリステルはこのところ、休日に餌付け――ではなく、ご機嫌伺いに訪れる別邸で、幼女バージョンのフランシェルシアにしか会っていない。

友人のセリーナとステファニーには、シュヴァルツとフランシェルシアのことを『遠縁の貴族とその娘』だと紹介している。見た目は天使か妖精のように愛くるしいフランシェルシアを、ふたりはすっかり気に入ったようだ。

彼女たちのテンションの高さに流され、クリステルもフランシェルシアの髪を結ったり、可愛らしいドレスをいろいろと着せて遊んだりと、すっかり楽しんでいる。

ただ最近、クリステルたちが訪問するたび、フランシェルシアが若干びくびくしているように見えるので、今後は少し控えようと思う。

それはそれとして、現在最も重要なのはフランシェルシアの愛くるしさではなく、その魔力暴走対策だ。

何しろ、もし彼の魔力が暴走したなら、人間の街など簡単に焼け野原となってしまう。幻獣たちの王たるシュヴァルツが、お墨付きで完全保証しているくらいだ。

『原作』では、ただその耽美な美貌でヒロインを口説きまくっていたヴァンパイアが、これほどハードモードな危険物体であったとは、一体なんのイジメだろうか。

これはもしかしたら、シュヴァルツのターンが『原作』よりもかなりイージーモードだった反動かもしれない。

クリステルは、ちょっぴり泣きたくなった。

とはいえ、現在彼を庇護下に置いているのは、ギーヴェ公爵家である。その責任において、全力で対策を講じなければなるまい。

エセルバートには、シュヴァルツやフランシェルシア本人から聞いた話をすべて伝えていた。

彼は元々、高等学部の幻獣対策科でも、攻撃より防御を優先する方向の研究をしている。人間の血をエサとせず、同族の血を捕食対象とするらしい『ヴァンパイアの王』という存在に、エセルバートはいたく興味を引かれたようだ。

フランシェルシアが彼に協力することを了承すると、嬉々として研究をはじめた。

だが、ある日の放課後、久しぶりに高等学部を訪れたクリステルに、彼はため息交じりに言った。

「いや……。私も、最初は少し期待していたんだよ。もしフランシェルシア殿が、本当にヴァンパイアたちを服従させる力を持っているなら……とね。その力を解明できれば、対ヴァンパイア武器として画期的なものができただろうから。けれど、どうやら彼は、そんな力を持っていないようだ」

はぁ、とクリステルはうなずく。

「それは、残念でしたわね。そもそも、フランシェルシアさまがヴァンパイアを従える力を持っていらしたら、あの方が里から逃げ出すようなことにはなっていませんもの」

「そうなんだよねぇ。……ドラゴン殿は、彼が『ヴァンパイアの王』だということについては、随分確信的だけど。もしそうだとしても、それこそ本人の言う通り『できそこない』の王、ということなのかな」

クリステルも、その点については少し気になっていた。

はじめて会ったときから、シュヴァルツはフランシェルシアの正体について『ヴァンパイアの王』だと断言している。

長い長い時間を生きてきた彼は、幻獣たちの王だ。

本性が獣である彼は、人間と違って嘘をつかない。

ならば、フランシェルシアは彼の言う通り『ヴァンパイアの王』という存在であるはずだ。

（シュヴァルツさまも、フランシェルシアさまの里のヴァンパイアたちのことを、随分なお間抜けさんだと言っていらっしゃいましたし……。まぁ、ねちねち陰口を言ったりいじめたりして、フランシェルシアさまのようなお可愛らしい方を追い出すような連中ですもの！　無能で当たり前といえば当たり前ですわね！）

もし今後、フランシェルシアの里出身のヴァンパイアと遭遇することがあったなら、全身全霊でお相手させていただこうとクリステルは思う。

ヴァンパイアはたしかに恐ろしい存在だが、決して敵わない相手ではない。

相手が持つ以上の魔力を乗せた攻撃であれば、きちんとダメージを与えられるし、前もって準備をしていればその力を削ぐことだって可能だ。

「……それで、お兄さま。フランシェルシアさまの魔力暴走対策は、順調に進んでおりますの？」

「ん？　ああ。ちょうど昨日、試作品をいくつか王宮に送ったところだよ。彼の魔力の波長と逆の波長をぶつけて相殺するシールドタイプの魔導具と、一般的なヴァンパイア十体ぶんの魔力を封じる拘束腕輪。それに、人間には聞こえないけど彼らの可聴域だととんでもない爆音に聞こえる音響系の魔導具だね」

エセルバートの仕事の早さは、クリステルの想像を遥かに超えていた。

まさか、この短期間でそこまで実践的な対応策を、しかも複数実用化しているとは。

クリステルが改めて兄への敬愛を深めていると、彼はクリステルと弟にしか見せない、ひどく柔らかな笑みを浮かべた。

「けどね、クリステル。私は、あの魔導具を彼に対して使う日は、こないんじゃないかと思うんだ」

「はい？」

戸惑って首を傾げたクリステルに、兄は何かを思い出すようにしながらゆっくりと続ける。

「私は彼と、随分たくさん話をしたよ。彼の話に……いや、最初は、彼の暮らしていたヴァンパイアの里というのに興味があったから。彼らがどんな暮らしをしていたのか、どんな政治形態で集団を統制しているのか。……まぁ、結局わかったのは、彼の里の族長がとんでもない面倒くさがりだ、ってことくらいだったけど」

「……そういえば、そんなことをおっしゃっていましたわね。フランシェルシアさまも、ご自分を拾ってくださった族長さまには、とても感謝していらっしゃるご様子でしたけれど……」

ああ、とエセルバートも苦笑してうなずく。

「これは私の、勝手な印象なんだけれどね。フランシェルシア殿が里のヴァンパイアたちから爪弾き(つまはじ)にされていたというのは、族長が彼を構いすぎていたからなんじゃないかな。嫉妬(しっと)というのは、人間の専売特許のはずだけど……。これだけ人間と感情を共有できるヴァンパイアなら、群れの敬愛対象であるトップに可愛がられている『できそこない』に、マイナスの感情が集中してもおかしくないだろう?」

クリステルは、眉をひそめる。

「理屈としては、理解できなくもありませんけれど。だからといって、ヴァンパイアたちがフランシェルシアさまを傷つけ泣かせて、里から追い出したという事実は変わりませんわ」

「おやおや。私の可愛い妹姫は、すっかり『できそこないのヴァンパイアの王』がお気に入りのようだ」

ひょいと肩を竦めて言うエセルバートに、クリステルはむっとした。

「からかわないでくださいな、お兄さま。なぜお兄さまの作った魔導具が、必要にならないと思われますの？」

「そりゃあ、フランシェルシア殿が、きみやウォルターさまたちのことを大好きだからだよ」

一瞬何を言われたのかわからず、クリステルは目を丸くする。

それから、再びからかわないでくれと言おうとした。しかし、思いのほか真剣なエセルバートの瞳に出会って口をつぐんだ。

彼は、胸の前で軽く指を組んでゆっくりと続けた。

「彼が私に話すのは、きみたちと過ごした楽しい時間のことばかりだ。ドラゴン殿のことは、養い親のように思っているらしいね。自分に魔力の使い方を教えてくれた、心から感謝している、と嬉しそうに言っていた。けどね」

一度言葉を切って、エセルバートは笑みを深める。

「きみの用意したお菓子がとても美味しかったことや、ウォルターさまたちと街へ遊びに行ったことを話すときの彼は、本当に楽しそうでね。まるで幼い子どもが、親しい友人と遊んだことを一生懸命報告しているような感じがしたよ」

やはりフランシェルシアは、接触した人間すべてに幼児扱いされるのがデフォルトらしい。

非常に愛らしいのだが、仮にも『ヴァンパイアの王』と言われる存在としては、いかがなものかとクリステルは思う。

「知っての通り、彼はその辺の人間よりも遥かに純粋でまっすぐだ。彼を拒絶したヴァンパイアたちを恨むでもなく、ひとりで里を出奔したところからしても、感じた痛みを他者への攻撃という形で発露することはないだろう。何より、今の彼には養い親と慕うドラゴン殿と、親しい友人関係を築いているきみたちがいる。よほどのことがない限り、彼が精神の安定を欠いて魔力を暴走させる事態にはならないんじゃないかな」

柔らかな口調で楽しげに言われ、クリステルは思わずほほえんだ。

「お兄さまとも思えない、随分と楽観的なお言葉ですわね？」

「まったくね。でも、フランシェルシア殿と話していると、常に最悪のパターンを考えて行動するのが、なんだかばからしくなってきちゃうんだ」

その気持ちは、とってもよくわかる。

あのヴァンパイアとはとても思えない、おっとりほややんとしたイキモノは、そこにいるだけでα波を放出しまくっているのではないだろうか。

それからしばらく『フランシェルシアは可愛い』トークで盛り上がり、最後にエセルバートからお土産をいくつかもらったクリステルは、基礎学部の寮に戻った。

制服から普段着に着替え、座学の宿題に取り掛かろうとしたところで、通信魔導具がシュヴァルツからの着信を伝える。

こんな時間に珍しいな、と思いながら、クリステルは通信を繋いだ。

「こんにちは、シュヴァルツさま。何か――」

『クリステル。これから少々、面倒なことになりそうなのだがな。フランは怯えて手がつけられんし、屋敷の外に出すのも難しそうだ。すまんが、この屋敷にいる人間たちを避難させてもらえぬか？』

突然の思わぬ要請に、クリステルは一瞬呼吸を忘れた。

空転しそうな頭を叱咤してどうにか動かし、ぐっと通信魔導具を握る。

「了解いたしました。わたしのほうから、すぐに使用人たちに退避命令を出します」

『そうか。助かる』

「少々お待ちいただけますか？　折り返し、すぐにこちらからご連絡いたします」

クリステルは、一度シュヴァルツとの通信を切った。すぐに通信を繋げ直し、彼らのいる別邸に勤めている使用人たちに非常事態を伝えて全員の退避を命じる。

責任者の執事頭から彼らの退避確認を得たのち、再びシュヴァルツとの通話を繋いだ。

「シュヴァルツさま、クリステルです。ただいま、使用人たち全員の退避を確認しました。一体、何事ですの？」

我ながらかなり慌ただしくなってしまった問いかけに、シュヴァルツはいつも通りの口調であっさりと答える。

『北の方角からヴァンパイアが一体、すさまじい勢いでこちらへ向かっている。おそらく、フランの里の族長だ』

「……はい？」

クリステルは、耳を疑った。

フランシェルシアの里の族長というと、あれか。

湖で生まれたばかりの彼を拾った、大層な面倒くさがりのヴァンパイア。

フランシェルシアの言によれば、当代最強と誉れ高いとのことだったが、『ヴァンパイアの王』というわけではないらしい。

シュヴァルツが昔見たほかの王たちというのも、彼が若い頃に大陸中を飛び回っているときに偶然見つけただけで、王を持たない里のほうが圧倒的に多いという。

『ヴァンパイアの王』が、数百年に一度しか生まれないレアものであることを考えれば、それも当然といえば当然か。

（……って、今はそんなことを呑気に考えている場合じゃなくて！）

衝撃のあまり、うっかり思考が脱線しかけてしまった。

クリステルは上ずりそうになる声で、シュヴァルツに問う。

「その族長とやらは、あとどれくらいでそちらに到着しそうですか⁉」

『そうだな。この様子だと、あと二時間ほどではないか』

思ったよりも、猶予があった。

しかし、この学園から別邸まではかなり距離がある。

全力で馬車を飛ばして、ギリギリ間に合うかどうかといったところだろうか。

クリステルは立ち上がり、訓練着をしまってあるクローゼットへ向かいながら早口で言う。

「わかりました、わたしもウォルターさまたちとともに、すぐにそちらへ向かいます。シュヴァルツさまは、フランさまのおそばについていて差し上げてくださいませ」

『……そうしたいのは、やまやまなのだが。フランがベッドの下に潜り込んだまま、出てこんのだ』

フランシェルシアの怯え方は、雷の苦手な子どもレベルだったようだ。

「……同じ部屋の中にシュヴァルツさまがいらっしゃるだけで、とても心強いと思いますわ。それでは、またのちほど」


事態を伝えたときの、ウォルターたちの反応の早さはさすがだった。

クリステルがシュヴァルツからの連絡を受けた一時間半後、全員揃ってギーヴェ公爵家の別邸に到着していたのである。

その間に、フランシェルシアは少し落ち着きを取り戻したようだ。

今は青年バージョンで、真っ青になって震えながらも、どうにか居間のソファに座っている。

シュヴァルツが、一度フランシェルシアを自分の城へ避難させようかと提案したのだが、それは本人が断った。

人型を取っているときのシュヴァルツは、ドラゴンの気配を完全に消している。

おそらくヴァンパイアの族長も、彼の存在には気づいていないはずだ。

しかし、古代魔法の〈空間転移〉でシュヴァルツの森まで移動すれば、彼がフランシエルシアを庇護下に置いていると判断されてしまうだろう。

そんなことになれば、シュヴァルツの森とヴァンパイアの里の全面戦争になってしまいかねない。

フランシェルシアはそう言って、頼れる同居人の提案を断った。

それを聞き、わけがわからないという顔をして挙手したのは、小柄なロイだ。ちなみに、彼は最近、毎食のお供にカルシウムたっぷりの牛乳を選んでいるそうだ。

牛乳のことをクリステルに教えてくれたのは、彼の婚約者であるセリーナである。

「ええと……フランって、仲間たちからいじめられて、里から飛び出してきたんじゃなかったんでしたっけ？　そもそも、なんで今更そこの族長がフラン目がけてすっ飛んでくるのか、っていうのが謎ですけど。それにどうして、シュヴァルツさまの森とヴァンパイアの里の全面戦争なんて話になるんですか？」

もっともな疑問に、フランシェルシアは揺れる声で答えた。その体は、雨に降られた捨て犬のようにぴるぴると震えている。

「うちの族長、怒ると何をするか、わからない、です。……今、すごく、怒ってます。なんで、いやだ、いやです、私……っ」

「落ち着け、フラン。ここにいるのは、おまえひとりではない。クリステルたちも、おまえのためにこうして来てくれたではないか。一体、何を恐れることがある？」

ゆっくりと穏やかな声で、シュヴァルツが宥める。

フランシェルシアは、震えながらもぎこちなくうなずいた。

その様子に、クリステルは若干の違和感を覚えて首を捻る。

（今までお話をうかがった限りでは、フランシェルシアさまは族長さまに親しみを覚えていらっしゃるようでしたけれど……。ここまで怯えられるなんて、族長さまは何をそんなに怒っているのかしら）

今のフランシェルシアは、まるで親に叱られることに怯える小さな子どもだ。

族長に黙ってコッソリ里を出てきたという負い目があるにせよ、フランシェルシアは、彼にとても可愛がられている様子だった。

どれほど怒っていても、子ども返りを起こさせるほど恐ろしいものではないはずだ。

「ひ……っ」

フランシェルシアが、引きつった悲鳴を上げる。

わずかな振動がした。

ネイトがちらりと窓の外を見る。

ウォルターの指示でこの別邸に到着するなり、彼は屋敷の周囲に防御シールドを幾重にも設置した。

「最初のシールドに接触したようです。……なるほど、これはすごい。さすがは、ヴァンパイアの里の族長ですね。あっという間に第三シールドまで破られてしまいました」

淡々と言う彼に、ウォルターが低い声で短く問う。

「誘導は？」

「問題ありません。このまま中庭に誘導したのち、すべてを閉じます。ただ、少々急ぎの仕事だったので、あまり長時間は持ちません。できるだけお早めにお願いします」

わかった、とうなずいたウォルターは、ざっと居間を見回した。

「シュヴァルツ殿は、フランとともにこちらで待機していてください。ネイトはこのままシールドの維持、ハワードはその補佐。クリステル、カークライル、ロイは俺と一緒にお客さまのお出迎えだ」

そう言って、彼は踵（きびす）を返す。

揺るぎない足取りで歩き出し——ふと、その歩みを止め、青ざめて震えるフランシェルシアを振り返った。

「フラン。おまえは、俺の臣下じゃない。俺の命令に、おまえが従う義務もない」

だから、とウォルターは笑う。

「おまえは、おまえの好きにしろ。俺も、俺の好きなようにする。……おまえは、俺の友達だ。おまえを『できそこない』と蔑んで泣かせた連中のトップを、俺は許すつもりはない」

「……ウォル？」

掠れた声で彼の名を呼んだヴァンパイアに、ウォルターは軽く片手を上げてみせた。

「心配するな。友達のために失うことを許されているほど、俺たちの命は安くない。どんな卑怯な手を使おうと、勝たせてもらう」

そのとき、婚約者の素敵な男前っぷりに萌え転がりそうになりながら、クリステルは思った。

今のフランシェルシアは、なんだか愛され幼女キャラを通り越して、完全にヒロインポジションだな――と。

「ようこそ、とは申し上げたくありませんね。ヴァンパイアの里の族長殿。私はこのスティルナ王国王太子、ウォルター・アールマティ。申し訳ありませんが、こちらにあなたを歓迎する意思はありません。速やかにお引き取りいただければ幸いです」

「オレは、フランを迎えに来ただけだ。フランはどこだ？　あれは、うちのガキだ。連れて帰る。さっさと出しやがれ」

そんな友好的とはとても言いがたい様子で現れたのは、『これぞヴァンパイア！』と額に入れて飾っておきたくなるような、艶やかな漆黒の髪に深紅の瞳を持つ美青年であった。

白磁の如くなめらかな肌といい、はらりと額に落ちるいかにも柔らかそうな黒髪といい、実に麗しい。

ただし、彼のすらりとした長身を包んでいるのは、夜の貴族の名に相応しい優雅な盛装ではなく、あからさまに戦闘を前提とした無骨なものだ。

だが、それがいい。

屋敷の中庭で族長と対峙しながら、クリステルは自分自身に落ち着け、落ち着け、と何度も言い聞かせた。

（ああぁ……っ。ヴァンパイアの里の族長さまは、あの可愛らしくも闇雲にスマートな半魚人キャラと同じ声でした！　こなせる役柄の幅広さと、演技力が素晴らしすぎることで有名なあのお方！　お客さまの中に、この感動を分かち合える方はいらっしゃいませんかっ!?）

少しでも気を抜くと、萌えのあまりぷるぷると震え、愛用の魔導剣で地面を掘り返してしまいそうだ。

密かに息をつき、どうにか平静を保ったクリステルは改めて相手の様子を観察する。瞳が深紅に光っているところから察するに、どうやら彼はすでに相当理性が飛んでいるようだ。

彼は、ヴァンパイアの中では若い個体だという。口調や身なりにいまいち優雅さが足りないのは、その若さゆえか、それとも極度の面倒くさがりだという彼自身の個性のせいだろうか。

そんな彼に、ウォルターは笑みを含んだ穏やかな声で返す。

「彼は、自分の意思であなたの統べる里を出たと言っていましたが」

「黙れ、クソガキ。そこをどけ。どかねぇなら、力ずくで通させてもらう」

なるほど、とうなずいたウォルターは、半歩横にずれると軽く持ち上げた右手でクリステルを示した。

「それでは、まず彼女のお相手からしていただきましょうか。もちろん、正々堂々と一対一で」

ヴァンパイアの優美な眉が、くっとひそめられる。

「女から戦わせるとは、珍しい人間だな」

「我が国では、戦う術を知る者に男女の区別はございませんので」

ウォルターの前に出ながら、クリステルはすでに起動していた魔導剣を構えた。

「はじめまして。わたしは、スティルナ王国ギーヴェ公爵が長女、クリステル・ギーヴェと申します。わたしたちの間では、戦いの前に名乗りを上げるのが相手への礼儀ですの。よろしければ、あなたのお名前を教えていただけますか？」

ヴァンパイアが、ちっと舌打ちする。行儀が悪い。

「なんなんだ、てめぇらは。これからすぐに死ぬってのに、オレの名前なんぞ知っても、仕方ねぇだろうが！」

どぉん、と彼の体からすさまじい衝撃波が放たれた。

中庭を構成していた木々やブロックが弾け飛ぶ。

即座に展開した防御シールドでそれを受け流したクリステルは、軽く地面を蹴って鋭くヴァンパイアの胴を斬りにいった。

鈍く金属の絡み合う音と、重い衝撃。

左腕を刃の形に変えて魔導剣を受け止めた相手に、クリステルはくすくすと笑う。

「……フランさまを迎えに来た、ですって？　彼を『できそこない』だと蔑み嘲り、ご自分たちの手で里から追い出しておきながら？」

その瞬間、深紅の瞳がはじめてまともにクリステルを見た。

「ねぇ。なぜ、今更フランさまをお迎えにいらしたの？　本当に、今更でしょう？　あなた方は、彼がいらなかったのでしょう？　だから、彼を捨てたのでしょう？」

「黙れ！」

空気を切り裂く音とともに、寸前までクリステルが立っていた場所にいくつもの刃が突き刺さる。

クリステルは、続けざまに撃ち込まれる刃と衝撃波、そしてうねる鞭のような攻撃をシールドと魔導剣で弾きながら、なおも続けた。

「あぁ、『恩知らず』『穀つぶし』ともおっしゃったとか。本当に、わかりませんわ。なぜそんな『できそこない』のフランさまを、今更迎えにいらしたの？　彼があなたの里を出たのは、もう随分前のことでしょう？」

ヴァンパイアは、答えない。

地面の下から襲ってきた刃を斬り払いながら、クリステルは小さく笑う。

「……ひょっとして、すぐに戻ってくるとでも考えていらしたのかしら。幼子が、ちょっとばかり拗ねて家出をしただけだと。放っておいても、そのうち自分から帰ってくると？

フランさまは、あなたの里にもう自分の居場所はないと、泣いていらしたのに」

クリステルが口を開くたび、ヴァンパイアの攻撃が荒く乱れたものになっていく。

相変わらず何も言い返してはこないが、相当に苛立ち、動揺しているのが如実に伝わってくる。

なんだか、ちょっと楽しくなってきた。

（ふ……ふふっふっふ。ヴァンパイアの族長さま。なぜウォルターさまがわたしに先陣を任せたとお思いですの？　フランさまを可愛がっていらしたというあなたが、こうして理性も立場もすっ飛ばして現れたのですもの。あなたがフランさまに、それなりの執着をお持ちなのは丸わかりですわ。だったら、まずはそちらのメンタルを攻撃させていただくのがセオリーというものですわよね？）

相手の心を抉りにいく口喧嘩ならば、男よりも女の出番だ。

適材適所。

現在『うちのフランシェルシア、超可愛い』が流行語になりそうな勢いのクリステルにとって、彼をいじめたヴァンパイアたちに対する評価は最低辺を軽く突破している。

彼女は炎熱系の魔術を連続で展開し、相手の生み出した刃や鞭を焼き払った。

一瞬の隙をつき、魔導剣で本体の胸部を深く抉ると、ヴァンパイアの足元が揺らぐ。

「ねぇ。教えてくださいませんかしら。あなたは一体、なんの権利があって、フランさまを連れ戻しにいらしたの？　あなたがやってくると知った彼が、どれほど怯えていらしたか。怖い、いやだと震えていらっしゃいましたわ」

「……黙れ」

ヴァンパイアの秀麗な顔が、歪む。

正面から叩きつけられる重苦しい魔力の圧に、クリステルは口元だけで笑ってみせた。

「本当に、愚かな方。なぜ、おわかりにならないのかしら。フランさまは、自分の意思でここにいらっしゃるのに。あなたの里を捨てて、人間の世界で生きることを選ばれたのです」

ぎぃん、と横から飛んできた刃を受け止めながら、クリステルは告げる。

「あなた方がフランさまを捨てたように、フランさまもあなた方を捨てたのですわ。なのに今更『迎えに来た』ですって？　あまり、笑わせないでいただきたいわ」

「黙れ、黙れ！　人間如きが……っ、知ったふうな口をきくんじゃねぇ！」

荒れくるう紅蓮の炎が、周囲を包みこんだ。

ヴァンパイアの背中から、炎をまとった三対の翼が現れる。

膨大な魔力を孕んだそれが、一層禍々しくどす黒い色彩に染まった瞬間――

「な……っ⁉」

彼の左右の上空から、同時にカークライルとロイが飛び込んだ。そして、その翼を一刀で斬り落とす。

ふたりは返す刃で刃に変形したヴァンパイアの両腕をも落とし、同時にその胴に鋭い蹴りを叩きこむ。

ヴァンパイアは、勢いよく背後に吹っ飛んだ。すかさず跳ね起きようとする。

しかし、それより先にウォルターが馬蹄型の魔力封印魔導具を放った。ヴァンパイアの喉元と切り落とされた両腕の付け根、太ももと足首を地面に縫いとめる。

「貴様らぁ……‼」

激昂するヴァンパイアの胸元を踏みつけ、ウォルターは相手を傲然と見下ろした。

その手が構える魔導剣の切っ先は、ひたりと相手の胸元に据えられている。

勝負は、ついた。

「卑怯だとおっしゃいますか？　ヴァンパイアの族長殿。あなたは、彼女の名乗りに返さなかった。戦士の礼儀に反したのは、そちらが先だったと記憶しておりますが」

クリステルが煽り、完全に理性が飛んだ相手をカークライルとロイが奇襲し、ウォルターが魔力を封じる。

それが、ウォルターの指示した作戦だ。

今ヴァンパイアの自由を奪っている魔導具は、数時間前にクリステルがエセルバートからもらった、フランシェルシアの魔力暴走対策魔導具の試作品である。

効果が絶大なだけに、扱いはかなり難しい。

それを、何度か試用しただけにもかかわらず、本番での複数同時起動をウォルターは成功させた。彼は、つくづく人外レベルな青年だとクリステルは思う。

魔道具で魔力を封じられているため、ヴァンパイアの肉体が再生される様子はない。

煮え滾るような視線を向けてくるヴァンパイアに、ウォルターは笑みを深めた。

「このまま、あなたの核を破壊してもいいのですが。その前に、懺悔のひとつでもしてみますか？　あぁ、人非ざるあなたに神がいないことなど存じています。ですが――」

「……ウォル！　ソーマディアス兄さん！」

そのとき荒れ果てた中庭に響いたのは、今にも泣き出しそうな顔で屋敷から飛び出してきた、銀髪のヴァンパイアの声だった。

黒髪のヴァンパイアの目が大きく見開かれる。

ウォルターは軽く息をついて、その胸元から魔導剣を引いた。

「――あなたが拾い、あなたが捨てた子どもが、あなたを『兄』と呼んでいる。まったく、健気なことですね。懺悔ならば、彼にするといい。……まぁ、せいぜいその情けない姿を晒して、フランに幻滅されるといいさ」

途中から、文字通りの超絶上から目線で、ウォルターがヴァンパイアの心とプライドを抉った。

「あぁん⁉　四人がかりで卑怯な不意打ちをしやがったテメェに言われたかねーわ！」

すかさずキレた顔でわめき返したヴァンパイアは、両腕がなくてもとっても元気だ。

それにしても、この御仁の口調はヴァンパイアにしておくより、不良学生でもさせておいたほうが、よっぽどお似合いだと思う。

まったく、耽美さのかけらもない。

はん、と鼻で笑ったウォルターが、なんだかとっても生き生きとしている。

「負け犬の遠吠えは、実に心地いいものだな」

「ゲス！　ゲッス！　おまえみたいなのが一国の王太子とか、ぜってー嘘だろ！」

ぎゃあ、と吠えたヴァンパイアに、ウォルターはいかにも心外だという顔をした。

「こちらとしては、おまえのような頭の悪いヴァンパイアが、里をひとつ率いているという現実のほうが、よほど信じられんのだが」

「やっかましいわ！　オレだって、好きで族長なんてやってるわけじゃねーし！　年寄り連中と若い連中がわけのわからん理由で喧嘩んなったとき、たまたまオレが一番強かっただけなのに！　族長なんて、面倒くさいだけじゃん！　オレは毎日テキトーに自由にダラダラしてたかっただけなのにー！」

（……はい？）

なんだか今、ヴァンパイアがとんでもないことをシャウトしたような。

クリステルは思わずカークライルとロイのほうを見る。ふたりとも、揃ってなんとも言えない顔をしていた。

どうやら、空耳ではなかったようだ。

囚われのヴァンパイアはすっかりヤケになったのか、愚痴とも嘆き節とも取れるものをぶつぶつと吐き出し続けている。

「大体、人間の血なんてどれも大して変わんねぇじゃん。食えりゃいいじゃん。メシに文句をつけたらバチが当たるって、人間たちだって言ってるし。こってりタイプとあっさりタイプの違いとか、どうだっていいし。知らねーよ、そんなこと！　族長だって、やりたいヤツがやりゃーいいじゃん。なんでオレだよ。そりゃあね、オレさまはヴァンパイア同士の間に生まれた、純血種ですから？　強いし、美形だし、尊敬できる素敵な族長にしとくにはちょうどいい物件かもしんないけどね？」

なんだか、ヴァンパイアのほうから若干ナルシスト臭が漂ってきた。

そんな方向性での耽美さは、求めていない。

「突っかかってくる族長狙いの連中は、全員もれなくぶっ飛ばしたけど。それ、連中が弱かっただけじゃん。喧嘩を売るなら、相手と状況を見てから売れよ。族長の座をかけてのファイトだってわかってたら、喜んで負けてあげたよ？　なのに、全員フルボッコにして沈めたら『おまえが自分たちの族長だー』とか言い出して、意味わかんないんですけど。年寄り連中には、目の敵にされてイビられるし。散々イヤミ言われるし。……てゆーか、オレ族長ポジになってから今まで、全然いいことなかった気がする！」

くわっと目を剥いたヴァンパイアから、ウォルターが半歩引いた。

「おまえ……。おまえが新しい里の族長になったのは、百年ほど前だったと聞いたぞ。なのに今まで、そのことに気づいていなかったのか？　本当に、頭が悪いのだな……」

彼は心底感心したような口調で、相手の傷口に塩を塗り込んだ。

そのスタイルは、なかなか真似のできることではないと思う。ちょっとうらやましい。

「ああぁああ……っ、もうオレやめる！　族長なんてやめる！　フラン、フラン、フーラーンー！　お兄ちゃんのとこ来て！　オレの癒しはおまえだけだし！　ってゆーか、お兄ちゃんおまえに待ってろって言ったじゃん！　ちょっとおまえの育て方相談しに、年寄り連中の里に頭下げに行ってくるだけだって言ったじゃんー！」

ヴァンパイアが、自分をお兄ちゃん呼びし出した。

フランシェルシアの存在自体が癒しだということに異論はないが、この構ってちゃんぶりはかなり鬱陶しい。

「あ、の……。ソーマディアス、兄さん？」

かなりカオスな雰囲気の中、おそるおそる近づいてきたフランが、うごうごともがくヴァンパイアの顔をのぞき込む。

その途端、ヴァンパイアの目がぽかんと丸くなった。

今までの暴れっぷりから、てっきり大喜びするかと思っていたのに、なんだか様子がおかしい。

なんとも言えない沈黙の中、ようやくヴァンパイアが口を開いた。

「え……？　おまえ、なんでそんな……でっかくなってんの？」

引きつった声で、ヴァンパイアが問う。

へ、と目を瞠った人間たちが見守る中、フランシェルシアは嬉しそうに笑って答える。

「兄さんがお出かけするとき、鳥に変身するの見た！　小さいまま外に出たら、危ないからダメッて言ってたでしょ？　それでね、僕にもできるかなーと思ってやってみたら、できたんだ。だから、おっきくなってみた！　あのね、たくさん人間とお話ししてね、ちゃんと大人みたいに話せるようになったんだよ！」

褒めてー、褒めてー、と言わんばかりのフランシェルシアの様子に、冷や汗が流れ落ちていくのをクリステルは感じた。

『中でも私は、最も年少で』

『いくら幼くとも、己の仕えるべき王を放逐するとは』

『彼はその辺の人間よりも遥かに純粋でまっすぐだ』

今まで耳にした、フランシェルシアを表する言葉がぐるぐると脳裏を巡る。

そう。

違和感は、最初からあったのだ。

人の血を飲めないフランシェルシアに、苦肉の策で与えられたのが甘いお菓子――子どもの喜ぶようなものであったこと。

女性たちからの性的なものを含んだ好意を、まったく彼が理解していなかったこと。

シュヴァルツが何度も彼を『幼い雛』と呼び、導き育てようとしていたこと。

そして『ヴァンパイアの王』と呼ばれる存在でありながら、その特性をまったく発揮できずにいたことも。

これらの違和感はすべて、フランシェルシアが本当に『幼い子ども』だったからだとしたら——

「あー……と。フラン。ちょっといいか？」

ぎこちなく、ウォルターが片手を上げる。

珍しく、その顔が青ざめていた。

「うん。何？」

あどけない表情と声で返すフランシェルシアに、ウォルターはひとつ深呼吸をしてから問う。

「おまえ……いくつだ。生まれてから、何年だ？」

「生まれてから……？」

フランシェルシアが、こてんと首を傾げる。

代わりにぼそっと口を開いたのは、相変わらず地面に貼り付けにされたままのヴァンパイアだ。

「オレがフランを拾ったのは、五年前だ。……精霊たちが『生まれる』『生まれる』って騒いでるから見に行ったら、湖の真ん中らへんに光る玉っころが浮いてて、中に赤ん坊のコイツが入ってました。なんかヴァンパイアっぽいから持って帰ったら、一晩で人間の十歳くらいのサイズになってて超ビビリました。ついでに、仲間たちから幼児趣味を疑われて、大変傷つきました。以上、オレとフランの出会い編。説明終わり」

「……丁寧なご説明、ありがとうございます」

常々幼女っぽいと思っていたフランシェルシアは、正真正銘の五歳児だった。

ちなみに、『ヴァンパイアの王』というのは今までフランシェルシアがフリーダムに変身していたように、男女のどちらにもなれるとのことだ。

つまり、『フランシェルシアは幼女』というのは、間違いではなかったのである。

(……シュヴァルツさま。幼女趣味を疑ったりして、本当に申し訳ありませんでした)

クリステルは、かつての己の判断を深く恥じた。

だが贅沢を言わせてもらうなら、最初からすべてを把握していたシュヴァルツには、もう少しきちんと説明しておいてほしかったと思う。

人間には、においで相手の肉体の成熟度を判断するなどというのは、不可能なのだから。

エピローグ　伏魔殿

それから、フランシェルシアの懇願により魔力封じから解放されたヴァンパイアは、すぐにその肉体を修復した。

改めて人間たちと、少し離れたところでなりゆきを見守っていたシュヴァルツに彼はぶっきらぼうに名乗る。

「ヴァンパイアのソーマディアスだ。随分、フランが世話になったみてぇだな。……ていうか、アンタ人間じゃなくね？」

シュヴァルツを訝しげな顔で見上げた彼に、フランシェルシアが笑って言う。

「シュヴァルツさまは、ドラゴンさんだよ！」

「へぇ、ドラゴンか。……って、なんでこんなとこにドラゴンがいるんだよ!?」

見事なノリツッコミを披露したソーマディアスには、お笑い芸人の才能があるのかもしれない。

残念ながら、この世界にお笑いタレントという職業は存在しないため、才能の持ち腐れになりそうだ。

立ち話もなんなので、屋敷の客間に移動する。

使用人たちが全員退避中のため、提供できるのが飲み物だけなのは許していただきたい。

フランシェルシアがシュヴァルツとともにこの屋敷にいる理由を、ソーマディアスに一通り説明した。ソーマディアスが低く呻(うめ)いて額(ひたい)を押さえる。

「おまえさ……。いや、お兄ちゃんが悪かったよ？　すぐに戻るって言ったのに、年寄り連中がここぞとばかりに用意してたトラップ満載の迷宮に、半年もとっ捕まってたのはオレだよ？　でも、全身ボロボロんなって疲れ果てて、ようやく懐(なつ)かしの我が家に帰ったっていうのにね？　可愛い可愛い弟が家出しちゃってましたー、ってわかったときのお兄ちゃんの気持ち、おまえにわかる？」

「えっと……ごめん、ね？」

おどおどとフランシェルシアが詫(わ)びる。

彼は五年前にソーマディアスの弟分として迎えられたものの、その生まれの異質さから仲間たちに遠巻きにされていたという。

ソーマディアス本人は、フランシェルシアからはヴァンパイアの気配はするし、何より可愛いし、と特に気にせず面倒を見ていたらしい。

「そりゃあ、連中がコイツのことを、陰でコソコソなんか言ってるのは知ってたけどさ。そのくらい、新入りの通過儀礼みたいなもんだし。潜在魔力考えたら、連中がコイツに敵うわけねーんだし。なのにわざわざ反感買うような真似するなんて、アホだなーとしか思ってなかったんだよ」

無神経なことを堂々と言うソーマディアスの頭を、クリステルは思い切りハリセンで殴りたくなった。

残念ながら、手元にあるのは殺傷能力ばっちりの魔導剣だけであるため、無言でアイアンクローするだけに止めておく。

「……っだだだだ！　ってーな、いきなり何しやがる!?」

「黙りなさい。フランさまが傷ついていらっしゃるのを知りながら何もせず、あまつさえその原因となった者たちの中に幼いフランさまをひとりで置いていく。一体、どれだけ無責任なのですか。あなたのような方に、フランさまの兄を名乗る資格はありません。フランさまは、我がギーヴェ公爵家できちんと養育させていただきます。どうぞ、お引き取りくださいませ」

絶対零度の顔と声で言ってやると、黒髪のヴァンパイアが一瞬ひるんだ。

しかし、すぐに気を取り直したらしく、クリステルの手を引きはがして言い返してくる。

「はっ。おまえらは人間だろうが！　コイツは、ヴァンパイア！　オレの同族！　何も知らない部外者が、余計な口出ししてんじゃねーよ！」

「あら。少なくとも、あなたよりは存じていましてよ？　フランさまのお好きなお菓子も、お好みのリボンも、ドレスの型も。あなたこそ、フランさまの何をご存じだとおっしゃいますの？」

ちょっと高笑いしたい気分で、クリステルは言った。その途端、ソーマディアスが隣に座っていたフランシェルシアを、ばっと振り返る。

「おまえ、女体化したの⁉　お兄ちゃんも、まだ見たことないのに⁉」

「え？　う……うん。ダメだった？」

相手の勢いに戸惑いながらもうなずくフランシェルシアに、ソーマディアスがわかりやすく絶望した顔になる。

これは、いじりがいがありそうだ。

クリステルは、おっとりと頬に指先を当ててほほえんだ。

「先日お召しいただいた若草色のドレスなんて、本当にお似合いでしたわねぇ。髪も流行り（はやり）の形に結い上げて。あのとき使った櫛（くし）とレースのリボンは、わたしが幼い頃に使っていたものでしたのよ。今度は、フランさまにお似合いの新しいものを買いにまいりましょうね」

にこりと笑いかけると、フランシェルシアが慌てた顔で両手を振る。

「そんな、結構です！　お気持ちはありがたいですけど、服なら変身したときに魔力で作れるんですから！」

「あら。それとこれとは別ですわ。人間が素敵な衣装や装飾品を買うのは、その物だけではなく思い出も買うということなのですもの。それに、フランさまのようなお可愛らしい方に贈り物をさせていただくのは、わたしにとっても楽しみなのです。どうか、お付き合いいただけませんか？」

クリステルは、内心で『コレは五歳児、コレは五歳児』と唱えながら、成人男性の姿をしたフランシェルシアの手を取った。

へにゃ、とフランシェルシアが笑み崩れる。

なんだか、本当に五歳児に見えてきた。

自己暗示って、すごい。

ちらりと横目で確認すると、ソーマディアスが拳(こぶし)をぷるぷると震わせている。

天使レベルに可愛い弟を持つ身であるクリステルは、彼の気持ちがとてもよくわかった。

彼女とて、可愛い弟が自分の知らないところで愛くるしいドレス姿を披露していた、などと知ったら、軽く嫉妬で死ねる気がする。

（ふ……っ、この兄貴失格のニート系ヴァンパイアが。蟻の歩幅で百歩譲って、族長の義務を放棄するのは構わない。でも、シュヴァルツさまの本来のお姿歩幅で百歩譲ろうとも！　幼い弟の育児放棄をするなど、断じて許せはしないのです！）

クリステルは、そっとフランシェルシアの手を握りしめた。

同じブラコンの身。

ソーマディアスの弱点など、我が身を顧みれば呼吸するよりも簡単に見つけられる。

「わたしたちは、何があってもフランさまの味方です。大丈夫ですわ。もしまたソーマディアスさまの里のヴァンパイアがやってきても、わたしたちが必ずあなたをお守りします。ご安心くださいな。わたしたちは、こうして族長のソーマディアスさまを倒すことができたのですもの。ほかのみなさまは、彼よりも弱いのでしょう？　何も恐れることなどございません」

「クリステルさん……」

フランシェルシアの瞳が、じわりと潤む。可愛い。

だが、今は萌(も)えよりも優先させるべきことがある。

「種族の違いなど、大した問題ではありませんわ。フランさまはヴァンパイア。シュヴァルツさまはドラゴン。わたしたちは人間です。それでも、一緒に美味(おい)しいお菓子を楽しむことができるではありませんか。何も困ったことなどございませんでしょう？」

ですから、とクリステルは笑みを深める。

「今度、新しいドレスで一緒にお出かけいたしましょうね。わたしのお友達も誘って、植物園なんていかがでしょうか？　異国の変わった植物が植えられていて、とても楽しいんですのよ」

「植物園……？」

はじめて聞く単語なのか、フランシェルシアが不思議そうな顔で首を傾(かし)げる。

その様子を見たソーマディアスが、両手の指を気持ち悪く動かした。どうやら、かなり動揺しているらしい。

ざまをみろ。

「はい。ランチボックスには、フランさまのお好きなお菓子をたくさん詰めてもらいましょうね。景色のいい外で食べるお菓子というのは、不思議に美味(おい)しく感じられますのよ」

「……！」

フランシェルシアの顔が輝いた。

決して表情に出さないまま、クリステルは勝った、と胸のうちで拳を掲げた。

我ながら、完璧な女子会コーディネイトである。

ニート系ヴァンパイアには、決して真似できないものだろう。

嬉しそうに頬を染めるフランシェルシアには見えないよう、一瞬だけソーマディアスに視線を向けて、「ふふん」と笑ってやる。

我ながら、性格が悪い。

けれど、フランシェルシアの性格がいいので、問題ないだろう。

せっかくなので、もう少しいじめておくことにする。

「こ……の……っ」

「あら、どうなさいましたの？　ソーマディアスさま。お加減が悪いのでしたら、とっととご自分の里にお帰りになったらいかが？　フランさまをいじめたお仲間のみなさまが、きっと族長さまの帰りを待ちわびていらっしゃいますわよ」

にこりと笑って言うと、ソーマディアスの額に青筋が浮かんだ。

「てめぇ……。黙って聞いてりゃ、随分調子こいたこと言ってくれてんじゃねぇか、あぁん!?」

「まぁ、なんのことですの？　わたしはフランさまを植物園にお誘いしただけですのに、そんなにお怒りになるなんて……。フランさまが、あなたは怒ると何をするかわからないとおっしゃっていましたけれど、本当なんですのね。何もしていないわたしに、そんなひどい態度を取られるなんて、あんまりですわ！」

悲しげに声を高くした途端、フランシェルシアがソーマディアスをキッと睨みつける。

「兄さん！　クリステルさんを、いじめちゃダメ！」

「……っ!!」

その瞬間、ソーマディアスがさらさらと灰になった。

心臓に杭を打ち込まれたわけではないので、すぐに復活するだろう。

それまでずっと黙っていたシュヴァルツが、苦笑まじりに口を開いた。

「クリステル。あまり、遊んでやるでない」

どうやら、ドラゴンの化身には、クリステルがソーマディアスをいじめて鬱憤を晴らしているとばれているらしい。

しかし、現在フランシェルシアはギーヴェ公爵家の庇護下にあるのだ。よって、クリステルが彼を守るのは当然の義務である。

にこにこと笑ってごまかす彼女から視線を外し、シュヴァルツは苦笑を深めてウォルターを見た。

「それで、どうする？　本来ならば、同族の保護者が迎えにきたのであれば、雛は群れに返すべきだとは思うが……」

言葉を濁したシュヴァルツに、ウォルターも困った顔で応じる。

「その保護者が、これほど無責任で自堕落で気遣いもできず子どもを傷つけるばかりの、どうしようもない阿呆である以上、このまま群れに返すのはいかがなものかと」

「……うむ」

シュヴァルツが、重々しくうなずく。

「あぁっ、兄さん!?」

ただでさえ先ほど灰になったソーマディアスが、今度はべしゃっと潰れた。

その様子をまったく意に介さず、ウォルターは淡々と続ける。

「フラン自身も、以前『人間に生まれたかった』と言っておりましたし。このままこちらで養育することに、特に問題はないかと思います。シュヴァルツ殿には、今後もフランの魔力制御を指南していただけますか？」

「うむ。それは、まったく構わんぞ。私もなかなか楽しんでいるのでな」

どうやら、この会話がトドメとなったらしい。

ソーマディアスが、完全に沈黙した。

一体どれくらいで復活するのだろうと、少しどきどきしながら見つめる。

ややあって、黒いシャツに包まれた腕がぴくりと動いた。

さすがはヴァンパイア、見事な生命力だ。

「兄さん？　どうしたの、大丈夫？」

「……フラン」

地獄の底から響くような重低音に、フランシェルシアがびくっと震える。

クリステルは、すかさず盆の角でソーマディアスの頭をどついた。

残念ながら、ノーダメージのようだ。無念。

くわっと顔を上げたソーマディアスは、そのままの勢いでフランシェルシアに抱きついた。

「フラン、フラン、フランーっっ!!　お兄ちゃんを捨てないでえぇぇぇぇーっっ!!」

まさかの泣き落としに入った。実に見苦しい。

シュヴァルツやウォルターたちも、あきれ返った顔でソーマディアスを見ている。

「ドレスやリボンなら、お兄ちゃんが喜んで買ってあげるから！　植物園とかよくわかんねーけど、お兄ちゃんがちゃんと連れてってあげるからー！」

「え？　えっと……？　でも、ドレスやリボンなら、クリステルさんのほうが詳しいと思うよ？」

（あ。そんな、本当のことを）

フランシェルシアが、無垢な眼差しでソーマディアスの心を叩き折る。

さすがにちょっと、気の毒になった。

「……っ、フラン！」

「何？　兄さん」

がっしとフランシェルシアの肩を掴んだソーマディアスは、まっすぐに相手の目を見つめ、意を決したようにきりりっと言う。

「お兄ちゃん！　おまえと一緒に、暮らしたい！」

今度は、五七五で攻めてきた。

ちょっと、笑いそうになる。

だが、フランシェルシアにとって、ソーマディアスの里は決して居心地のいい場所ではないはずだ。

兄の懇願を取るか、ギーヴェ公爵家での暮らしを取るか。

周囲が息をつめて見守る中、フランシェルシアはくるりと振り返ってクリステルを見る。

「クリステルさん。いいですか？」

「え？」

問いかけの意味がわからず首を傾げると、フランシェルシアはきゅっとソーマディアスの袖を握った。

そういう仕草は可愛すぎるからやめなさい、と注意する前に、銀髪のヴァンパイアは少し上目遣いで口を開く。

「兄さんも、ここでお世話になってもいいですか？」

クリステルは、ちょっぴり気が遠くなりかけた。

このあざとくも可愛らしい上目遣いを、彼は一体どこで覚えてきたのだろう。

しかし、今は悶えている場合ではない。

ぎぎ、と首を動かし、やはり強張った顔をしているウォルターを見る。

「あの……。ウォルターさま……」

「……うん。ちょっと待って。さすがにこれは、俺の一存では答えられない」

フランシェルシアは、まだいい。

彼は、人間の血をエサとしないのだから。

だが、ソーマディアスは正真正銘のヴァンパイア。

しかも、ヴァンパイアの中でも最強種と名高い純血種だという。

さぞかし、多くの人の生き血を必要とするだろう。

フランシェルシアの望みはできるだけ叶えてやりたいが、そんな物騒なものを一体どうやって養えというのか。

とそこで、ソーマディアスが能天気な声で口を開いた。

「え、マジで？　オレもここに住まわせてもらえんの？」

誰もそんなことを許可していない！　と言う前に、彼はへらりと笑ってフランシェルシアを抱きしめた。

「あー、よかったー。フランー、お兄ちゃんは嬉しいぞー」

「うん。僕も嬉しいよ！」

五歳児の口利きで赤の他人の家に居候を決め込もうとする、ニート希望のヴァンパイア。

……完全に油断しきっている今なら、背後からその核を魔導剣で貫くことは可能に違いない。

かなり本気で愛用の武器を起動させかけたクリステルに、ソーマディアスが親指を立て見せた。

「オレのメシのことなら、心配いらねーから！　フランが出ていくのを止めもしなかったうちの里の連中全員から、消滅ギリギリラインまで生気奪ってきたし！　さっきおまえらに散らされたぶんを差っ引いても、あと百年くらいは食わなくても平気！」

「……そうですか」

百年後には、ここにいる人間たちは全員天に召されているだろう。

どうやら、ソーマディアスの食糧問題は、当座先送りできるものらしい。

「……ウォルターさま？」

「……とりあえず、陛下に相談してみようか」

ぎこちなくうなずき合うふたりに、シュヴァルツがあっさりと声をかけてくる。

「あやつの言っていることは、本当だ。無理な戦闘行動に入らなければ、現状で百年……百二十年は持つと思うぞ」

……ドラゴンさまのお墨付き（すみつ）きまでいただいてしまった。

クリステルは、胸の内でひっそりと指折り数える。

人間嫌いのはずのドラゴンは、頼れる友人兼生き字引（いじびき）となってくれた。

純血の乙女の守護者であるはずの一角獣は、口が悪くキレやすい体育会系だ。

女好きの結婚詐欺師であるはずのヴァンパイアは、とっても愛くるしい五歳児。

おまけに、『原作』では影も形もなかった、もうひとりのヴァンパイアまでこの国にやってきた。

先のことは、まだまだわからないことだらけだが――

（とりあえず……破壊されまくった中庭の修繕は、すべてソーマディアスさまにやっていただきましょうか）

――このギーヴェ公爵家の別邸が、とんでもない伏魔殿になりつつあるのは確かなようだ。

しかし、クリステルにはウォルターたちやシュヴァルツといった頼りになる仲間たちがいる。

これから何が起きても、どうにかなるだろう。

……たぶん、きっと。

クリステルは、未来に対する不安をそっと胸に押し込めた。

番外編

ヴァンパイアVS一角獣？

ある日の放課後、クリステルはエセルバートの研究室を訪ねた。

兄妹の会話は、自然とソーマディアスの話題となる。

ソーマディアスは、吸血鬼同士の両親の間に生まれた純血のヴァンパイアだという。

それすなわち――

「彼の能力を封じられる魔導具を開発できれば、大抵のヴァンパイアには対処可能になる、ということだよねぇ」

学園高等学部の幻獣対策科で日々研究に勤しんでいるエセルバートにとって、最高の実験素材を意味したらしい。

フランシェルシアは、国王裁可の下でギーヴェ公爵家に招かれた『客人』である。

彼の魔力暴走を防止するための魔導具開発を命じられたとはいえ、あまり無茶なことはできない。

しかし、ソーマディアスは違う。まさに『飛んで火に入る夏の虫』状態だった。

彼は、人間の血液を捕食対象とするヴァンパイアの中でも最強と言われる存在だ。

そんな素敵な実験素材を目の当たりにしたエセルバートの瞳は、生まれてはじめて虹を見た少年の如くキラめいている。

（お兄さま……。わたし、こんなに生き生きとしたお兄さまを、はじめて見た気がいたします）

あの日、クリステルたちから少し遅れて別邸に駆けつけたエセルバートは、ギーヴェ公爵家の名をフル活用し、ソーマディアスの身柄を引き受ける許可を国王からもぎ取った。

彼は『客分』ではなく、『貴重な魔導具開発における被検体』という扱いになっているらしい。

幼いフランシェルシアを不安がらせないよう、彼に対しては「やはり、同族がそばにいたほうが心強いでしょうから」とエセルバートは言っている。

嬉しそうに明るく愛らしい笑みを浮かべるフランシェルシアに、兄は同じく一点の曇りもない笑顔を返した。それを見て、クリステルは「大人になるというのは、子どもに笑顔で嘘をつけるようになることなのだな」としみじみ思った。

エセルバートは、『王国最強の剣』の誉れ高いギーヴェ公爵家の後継者だ。

彼は学園の高等学部にある自分の研究室で、最強の蚊取り線香の開発——ではなく、最強の対ヴァンパイア魔導具の研究に勤しむ予定らしい。

今はまだ、その準備段階。

どんな実験を進めていくかを計画立案中だ。

持って来た手土産の茶菓子に手をつけながら、クリステルは兄の机の前にべたべたと貼り付けられているメモに、目を向けた。

「……お兄さま。ソーマディアスさまは、お兄さまの研究についてどうおっしゃっていますの？」

ソーマディアスは、極度の面倒くさがりやであるニート希望のヴァンパイアだ。

己自身の能力を封じるための魔導具開発に、進んで協力するはずもない。

そんな彼をどうやって研究室に招くつもりなのか、という問いに、エセルバートはにこりと笑って応じる。

「ソーマディアス殿は、自分の里のヴァンパイアたちの生気をギリギリまで奪ってこちらにやってきたんだろう？ いずれ彼らが動けるようになったときには、彼を『裏切者』として追ってくるかもしれないよね」

クリステルは、思わず顔を引きつらせた。

言われてみれば、それはたしかにとってもありえそうな話である。

ソーマディアスは、北のヴァンパイアの里で当代一と言われる魔力の持ち主だという。

いくら本人に自覚もやる気もなかったらしいとはいえ、フランシェルシアの証言から察するに、それなりに族長として認められていたようだ。

もし彼を族長と慕っていた者たちが、『可愛さ余って憎さ百倍』の精神で揃って手を組みギーヴェ公爵別邸に押しかけたなら、一体どれほどの脅威になることか。

……ソーマディアス本人は彼らの襲撃を受けようと、幻獣の王たるシュヴァルツもそばにいることだし、まったく問題ないかもしれない。

しかし、周囲の非力な人間たちにとっては、ヴァンパイアが大挙してやってくるというのは、あまりに恐ろしすぎる事態である。

「かといって、フランシェルシア殿がこの国にいる限り、ソーマディアス殿を追い出すのは難しそうだろう？　彼自身は、かつての仲間たちが徒党を組んでやってきても、まったく意に介さないかもしれないけれど——」

そこで、エセルバートはわずかに笑みを深めた。

「自分がこの国にいるせいで、この国の民がヴァンパイアの餌食になりかねない、なんていうのはさ。幼く純粋なフランシェルシア殿には、きっと耐えられないよね」

なるほど、とクリステルはうなずく。

「あれほど可愛がっているフランさまを泣かせないためでしたら、お兄さまの研究にも喜んで協力していただけそうですわね」

「ああ。まずは、ヴァンパイアの変身能力の仕組みを解明してみたいと思っているんだ」

クリステルの知る限り、ソーマディアスは極度のブラコンである。

里にいた頃には、幼い弟分の扱い方を随分(ずいぶん)間違えたようだが、フランシェルシアが家出したという一大事を経験し、その危機感から少しは成長したらしい。

ニート希望の自堕落(じだらく)なヴァンパイアでも、本人の心がけ次第で変わることができるという好例である。

今後も精進するがよろしい。


そんな会話をエセルバートと交わした数日後。

クリステルは、ウォルターと彼の側近候補の青年らとともに、人外生物の巣となりつつあるギーヴェ公爵家の別邸を訪れた。

使用人たちには、ソーマディアスをシュヴァルツの縁戚の青年だと伝えてある。

だが、いくらソーマディアスが今のところエサを必要としないほどの力を持っているといっても、彼は正しく人間の血を捕食対象とするヴァンパイア。

シュヴァルツがそばにいるとはいえ、そんな危険物体をなんの予防策もなく放置しておくわけにはいかない。

使用人の安全確保は、雇用者の義務である。

人間チームでいろいろと話し合いをした結果、ソーマディアスにはエセルバート謹製魔力封じの首輪――もとい、幅広のチョーカーがつけられることになった。

だがそれは、純血のヴァンパイアであるソーマディアスの魔力を完全に封じることはできない。

あくまでエセルバートが、彼専用の魔力封じを開発するまでのつなぎだ。

チョーカーは彼が一定以上の魔力を解放しようとした場合、人間の可聴域では聞こえない爆音が発生する仕様となっている。

はじめてそれを装着した際、少々不満そうな顔をしていたソーマディアスが「どんな感じなんだか、試してみっか」と言って、いきなり魔力を解放した。力を解放した本人とシュヴァルツは軽く眉をひそめただけだったが、そのときそばにいたフランシェルシアは悲鳴を上げて涙目になった。直後、ソーマディアスは即座に周り中からフルボッコにされたのだ。

おそらく彼は、もう二度と不用意に魔力を解放したりしないだろう。

そのチョーカー型の魔力封じは、製作者であるエセルバートの美意識が反映されているため、シンプルながらかなりデザイン性の高いものになっている。

見た目だけならヴァンパイアの鑑(かがみ)といってもおかしくない、超絶美形のソーマディアスにはよく似合う。

最初はぶつぶつ文句を言っていたが、とりあえず今のところ、純血のヴァンパイアの族長殿は大変おとなしくしている。

(本当に……黙って立ってさえいらっしゃれば、フランさまと並んでも遜色(そんしょく)ない芸術的な美貌の持ち主でいらっしゃいますのに。ついでに、たとえ口を開かれても普通に会話をしてくだされば、その素晴らしすぎる美声でわたしの萌(も)えが致死量レベルで発生するはずですのに……っ)

「フラン、フラン、フーラーンー。可愛いなー。おまえは可愛いなー」

「ソーマディアス兄さん……。髪がくしゃくしゃになるから、やめて」

フランシェルシアに捨てられかけたのが、トラウマになるほどショックだったのだろうか。

ソーマディアスは、人間など目にもくれず、日々ひたすらフランシェルシアを構い倒している。

彼が幼女バージョンのフランシェルシアを抱き上げ、めろめろにとろけそうな笑顔で頬ずりしている姿に、クリステルは『おまわりさん、コイツです！』と叫びたくなった。

しかし、この国でヴァンパイア討伐を担っているのは、魔導騎士の中でも選りすぐりの精鋭部隊だ。日々幻獣討伐という激務に勤しんでいる彼らを、こんな危機感皆無の状況で呼びつけてはいけない。

クリステルは、シュヴァルツがフランシェルシアを抱っこしていたときにも、少々引いてしまった。

それに比べても、ソーマディアスは実に鬱陶しい。あのときシュヴァルツとフランシェルシアの間にあったのが、純度百パーセントのほほえましさだったのだと、今ならわかる。

妖艶系の美青年と、可憐な美幼女はセットにしてはいけない。ヴィジュアル的に犯罪臭が漂いすぎる。

クリステルだけでなく、ウォルターたちもひどくげんなりした様子だった。

だが、この鬱陶しい光景を日常的に目の当たりにしているはずのシュヴァルツは、慣れてしまったのか完全にスルーしている。

小さく咳払いをしたウォルターが、ソーマディアスのほうを見ないようにしながら、シュヴァルツに話しかけた。

「シュヴァルツさま。その……こちらの暮らしで、何かお困りの点などはございませんか?」

もしシュヴァルツが、鬱陶しいにもほどがあるヴァンパイアの存在を不快に感じているなら、即座にクリステルたちはソーマディアスを排除する。

何しろシュヴァルツは、落ち着いた大人の包容力と膨大な知識を持つ、とっても素敵なドラゴンだ。

多少見目がいいだけのニート系ヴァンパイアとは、比べようもないくらい大切にしなければならない賓客である。

クリステルは、側近候補の青年たちと素早く視線を交わした。

――ウォルターのゴーサインが出たなら、即ソーマディアスを捕縛してエセルバートの研究室に搬入するプランを実行に移すべし。

一同がそんな決意を固めていることなど知る由もないシュヴァルツは、鷹揚な笑みを浮かべてみせた。

「いや。世の中には、反面教師という言葉があるだろう？　フランも、ソーマディアスのようなだらしない大人になってはいかんと学んでくれているようでな。以前より、随分しっかりしてきたぞ」

穏やかな口調でさらりと言ったシュヴァルツに、『見習ってはいけない、ダメな大人代表』呼ばわりされたソーマディアスが、くわっと噛みつく。

「おい、ドラゴンの旦那！　本人のいるところで、堂々とけなしてくれてんじゃねえ！」

「何を言う。おまえに聞こえないところで言っては、陰口になってしまうではないか」

軽く目を瞠ったシュヴァルツが、ひどく心外そうな様子で言う。

ソーマディアスにぐりんぐりんに撫で回され、乱れた髪を直していたフランシェルシアが、へにょんと悲しげに眉を下げた。

「あのね、ソーマディアス兄さん。直接『できそこない』って言われるより、陰でひそひそ言われるほうが、悲しかったよ？」

「……っ」

判決、有罪。

ソーマディアスが、固まった。

ヴァンパイアの聴覚であれば、多少離れたところで交わされた会話でも聞こえてしまうのだろう。それをわかった上で、幼いフランシェルシアに聞こえるよう陰口を叩くとは、つくづく、彼の里のヴァンパイアたちの性根はねじ曲がっているらしい。

額に冷や汗を滲ませているソーマディアスが何か言おうとしたとき、シュヴァルツがひょいとその腕からフランシェルシアを抱き上げた。

一段高い位置でかかえた幼子に、にこりと笑いかける。

「そのような顔をするでない、フラン。ここには、おまえを傷つける者はおらんだろう。おまえは、ただ健やかにあればよい」

「……はい、シュヴァルツさま。ありがとうございます」

安心しきった笑みをフランシェルシアは浮かべた。

彼とシュヴァルツは、これまでの間に随分信頼と絆を深めていたようだ。

声を裏返したソーマディアスが、ぎゃあとわめく。

「ドラゴンの旦那！　横取りとかずるい、代われ！　そこ、オレのポジション！」

なんと厚かましい。

クリステルはあきれた。

自分が弟分の手を離した間、その面倒を見てくれていた相手に対する最低限の礼儀もわきまえていないとは、心得違いにもほどがある。

ソーマディアスはフランシェルシアに向けて「ヘイ、カマン！」と腕を伸ばしている。

彼を無視して、クリステルは口を開いた。

「シュヴァルツさま。フランさま。今日は、最近評判のシフォンケーキをお持ちいたしましたの。プレーンにチョコレート、メイプルのどれも素敵ですけれど、一番おすすめなのはオレンジフレーバーですわ。お店が直接付き合いのある農家から、特別に仕入れた風味の高いオレンジを使っているのですって」

途端に顔を輝かせたシュヴァルツとフランシェルシアは、そのまままいそいそとティーテーブルに向かった。

「ヘイ、カマン！」のポーズのまま放置されたソーマディアスに、ウォルターがぼそっと声をかける。

「知っているか？　フランシェルシアの一番好きな飲み物は、クリステルが淹れたミルクティーだ」

クリステルは、素早く婚約者の言葉に乗っかった。

「よろしければ、淹れ方をお教えいたしましょうか？　茶葉ごとに使うお湯の温度や量、蒸らし時間、最適なミルクの割合などを覚えれば、誰でも美味しいお茶が淹れられますわ」

面倒くさがりがアイデンティティのヴァンパイアにとって、『美味しいお茶の淹れ方の基本』は大層な鬼門だったようだ。

ほぼノータイムで「ムリ」と答え、ソーマディアスはげんなりと顔を歪ませる。

「大体、なんで普段は幻獣を丸かじりしてるドラゴンの旦那が、ガキと一緒になってあんな甘ったるいモンを喜んでんだよ。意味わかんねぇ」

その点についての責任は、百パーセントクリステルにある。彼女は黙秘権を行使し、ウォルターや側近候補たちの視線には、気がつかないことにした。

どうやらソーマディアスは、甘いものが苦手なようだ。ティーテーブルに用意された菓子の類いを見ているだけで胸やけがしそうだと言って、行儀悪くソファに体を投げ出す。

客人の前で堂々と昼寝をしだすとは、実にあっぱれなニートっぷりだ。

フランシェルシアとシュヴァルツも、スイーツタイムに彼が席を参加しないことには慣れているらしい。

相変わらずの呑気さで、ほのぼのと目の前の甘味を楽しんでいる。

「そういえば、シュヴァルツさま。一角獣さんは、人間のお菓子はお好きなのでしょうか？」

子どもの好奇心というのは、実に侮れない。

人間の書物から学んだという、フランシェルシアの抱いていた一角獣のイメージは、その友人であるシュヴァルツにきっちり粉砕されたはずだ。

なのに再び、そんな問いかけを口にするとは。

とはいえ、クリステルもその辺のことは少々気になっていた。

幻獣の王たるドラゴンの友達をやっている以上、一角獣の魔力は相当のレベルであるはずだ。おそらく、角さえ元通りの長さになれば、人間の姿になることも可能だろう。

クリステルは、苦悩した。

（あのときは、わがまま全開でぎゃんぎゃんわめいているか、あざといおねだり声、もしくはどんよりとした落ちこみモードの声しか聞けませんでしたけど……。一角獣さまの声質そのものは決して悪くないというか、かなりよかったですわよね。うぅっ、前世で聞いたことがある気はするのに……！）

いまだに通常モードの一角獣の声を聞いたことがないため、その正体がもややんと曖昧なままなのである。

前世のクリステルは、好きな漫画やライトノベルがアニメ化すると知ったときには、誰が好みのキャラクターの声を担当するのか期待しながら、正座で待機する派だった。

オタク系女子高生にとって、聞き覚えのある美声の正体がハッキリしないというのは、なかなかのストレスだ。

ちなみに、それらが実写化すると知ったときには、全力で知らなかったことにしていた。

(いつか、ゆっくりと落ち着いて話す一角獣さまの声を聞いてみたいですわ)

そんなことを思ったのが、伝わったのでもあるまいが――

ふむ、とうなずいたシュヴァルツが、飲み終えたコーヒーのカップをソーサーに戻して、ウォルターを見る。

「王子よ。最近の我が友は、どんな様子だ?」

「はい。一角獣殿の角は、元の長さの三分の一程度まで再生したようです。……ただ昨日の報告では、どうやら回復しかけの魔力で空を駆けようとして失敗したらしく、湖で溺(おぼ)れかけていたと」

言いにくそうに告げられた一角獣の現状に、シュヴァルツはなんとも言いがたい顔をした。

フランシェルシアが、こてんと首を傾(かし)げてシュヴァルツを見上げる。

「シュヴァルツさま。一角獣さんは、角が折れてしまったのですか?」

そういえば、彼には一角獣が不逞(ふてい)の輩(やから)に攫(さら)われたために体調を崩している、としか伝えていなかった。

友人の角をポッキリと折り取った張本人であるシュヴァルツが、珍しく額に汗を滲ませている。

フランシェルシアは、そんな彼を見てどう思ったのか悲しげに目を伏せた。

「一角獣さんにとって、角は魔力の源なのですよね。それを折られるなんて、きっとお辛かったでしょうね……」

「う……うむ」

（あ。シュヴァルツさまの目が、揺らいでる）

フランシェルシアのピュアピュア攻撃は、長老級のドラゴンの心臓にもクリティカルな衝撃を与えるらしい。

クリステル自身は、あのガラの悪い一角獣に対する同情的な気持ちは、あまり持ち合わせていない。

しかし、改めて彼の置かれた状況を考えてみると、可哀想と言えなくもない。

（素敵な乙女にフラフラした結果とはいえ、密猟者に捕らえられて檻の中に閉じ込められ……。やっとそこから解放されたと思ったら、ウォルターさまに喧嘩を売ったばかりに、命に等しいくらい大切な角をご友人のシュヴァルツさまに折られてしまった、と。あら、結構というか、かなり不憫なお方ですわね）

たしかにこれは、幼いフランシェルシアには説明しにくい。

ウォルターが、常日頃から世話になっているシュヴァルツに助け舟を出そうと思ったのだろうか。にこやかにほほえんで言った。

「フラン。一角獣殿ならば、おまえが心配するようなことは何もない。角はいずれきちんと元通りになるというし、そうなればご挨拶(あいさつ)することも――」

「ほわあぁぁあぁあっっ!?」

突然響き渡ったのは、素っ頓狂(すっとんきょう)に裏返った盛大な悲鳴。

しかし、この場にいる者の声ではない。

反射的に人間たちがそれぞれの魔導剣を起動させ、ソーマディアスが一瞬でフランシエルシアをかかえて戦闘モードに入る。

シュヴァルツは驚いたように目を瞠(みは)った。

一同が注視する中、中空からティーテーブルのギリギリ脇にぽたっと落ちてきたのは――

「あだだー……。やっぱ、跳ぶにはまだ魔力が足りなかったか……」

「……ディアン・ケヒト。角も再生しきっていないというのに、何を無茶な真似をしている」

どうやら、落下物の正体は、現在王室所有の牧場でのんびり過ごしているはずの、一角獣であるらしい。

相変わらず、騒々しいことだ。

あきれ返った様子のシュヴァルツの視線の先にいるのは、小柄な少年だ。

見た目は、十四、五歳くらいだろうか。

交じりけのない純白の髪に、澄み切った湖のような薄い青色の瞳が実に美しい。

身に着けているのは、シンプルな白いシャツに生成り（きなり）のパンツ、足元はショートブーツだ。

それはもう、将来が大いに期待できそうな美少年である。

だが、落ちてきたときに床に打ちつけたらしい頭をかかえ、盛大に顔をしかめているため、あまり可愛く見えない。

一角獣の人間バージョンらしき少年は、シュヴァルツの呼びかけに、ぱっと顔を上げた。

「おう、黒いの。元気そうじゃねーか」

「何を呑気（のんき）なことを。一歩間違えば、おまえはクリステルたちが用意してくれたケーキをすべて台無しにするところだったのだぞ」

どうやら一角獣は、〈空間転移〉の使い手であったようだ。

一角獣の突然の出現に驚けばいいのか、人間バージョンの美少年っぷりに感心すればいいのか、というのはクリステルにとって些細な問題だった。

そんなことよりも、さきほどの疑問が解消されたのだ。

（……なるほど。一角獣さまは、あの有名少年漫画の死神高校生キャラと同じ声だったのですね。ええ、よろしくってよ。多少ガラの悪いお言葉であろうとも、今ならすべて萌えに変換して差し上げ……と思いましたけれど！　フランさまの教育上よろしくないお言葉は、やはり看過するわけにはまいりませんわね！）

己の萌えと、フランシェルシアの教育を請け負った者の義務の間で、頭がショートしそうなほどクリステルは煩悶した。

彼女は、がんばった。

それまでに培った美声耐性スキルを信じ、滾る萌えに流されてしまいそうな己の義務をしっかりと思い出したのである。

今までの努力は、決して無駄ではなかったらしい。

自画自賛ぎみにクリステルが密かに感涙している中、少年姿の一角獣は不思議そうな顔で周囲を見回した。

それから再びシュヴァルツを見上げ、訝しげに眉根を寄せる。

「なんか、自分で思ってたよりだいぶ早く角が再生してきてるっぽいから、適当に術の練習してたんだけどよ。おまえんとこに転移すりゃあ、なんかあっても問題ねーだろうし。……って考えてたのに、だ。なんで人間連中だけじゃなくて、ヴァンパイアまで一緒にいんだよ？」

「話せば、長くなるのだ」

実にもっともな一角獣の疑問に、シュヴァルツが短く返す。

たしかに話せば長くなる話ではあるが、その場にいた全員が「え、それだけ？」という視線をシュヴァルツに向ける。

いくらなんでも、それで納得してもらうのは無理があるのではないだろうか。

「あっそ」

「うむ。それよりも、おまえはまた随分（ずいぶん）と可愛らしい姿だな」

「ほっとけ。今の魔力量じゃ、縮んじまってても仕方ねーだろ」

顔をしかめつつも、シュヴァルツの雑な応対をあっさりと一角獣は受け入れた。彼と長い付き合いをしているだけのことはあるらしい。

しかし、彼らの会話から察するに、一角獣は人の姿に化けるとき、その魔力量に応じて人型の外見年齢が変化するようだ。

今の一角獣の魔力は、彼の少年期に匹敵する程度には回復しているということなのだろうか。

実にわかりやすい。

と、そこで魔導剣を待機モードに戻したウォルターが、気を取り直したように口を開いた。

「お久しぶりです、一角獣殿。お加減はいかがですか？」

「見ての通りだよ。ったく、忌々しい」

残念ながら、一角獣の生態にさほど詳しくない人間には『見ての通り』と言われても、いまいちよくわからない。

しかし、ソーマディアスとフランシェルシアをヴァンパイアと認識したにもかかわらず、彼らに力比べを申し込みに行かない辺り、やはりまだまだ本調子ではないらしい。

「こちらは、ヴァンパイアのフランシェルシアと、ソーマディアス殿。フラン、ソーマディアス殿。こちらは、シュヴァルツさまの友でいらっしゃる、一角獣殿だ」

ウォルターが続けて紹介する。

この場にいる人間たちに、一角獣の名を呼ぶ権利は与えられていない。

いくら角の再生途中とはいえ、一角獣はプライドの高い幻獣だ。そのプライドを傷つ

けたりしたら、下手をすれば暴れ出される。

そうなったとしてもシュヴァルツがどうにかしてくれるだろうが、よけいな波風を立てないに越したことはない。

ソーマディアスは突然現れた幻獣に対し、さすがの反応速度でフランシェルシアを抱きかかえたままの状態でいた。

シュヴァルツの友達と聞いて、一応警戒態勢は解いたようだが、フランシェルシアを手離すつもりはないらしい。

一方、完全なる安全地帯である兄貴分の片腕に抱っこされたフランシェルシアは、一角獣に興味津々(きょうみしんしん)のようだ。

その場の雰囲気から、相手がいきなり噛みついてくるようなものではないと察したのだろう。ぺこりと礼儀正しく頭を下げて一礼する。

「はじめまして。ヴァンパイアの、フランシェルシアです」

「……んー？」

しかし、一角獣は挨拶(あいさつ)を返すでもなく、床からひょいと立ち上がると無遠慮にヴァンパイアたちに近づいた。

ソーマディアスが一瞬目を細めたが、その瞳は擬態色であるブルーグリーンのままだ。

なんとなく、人間たちが息をひそめて見守る中、一角獣はヴァンパイアたちのにおいを確かめるように、すんすんと鼻を鳴らした。

「ヴァンパイア……？　うん、ヴァンパイアだよなぁ。なのになんで、このちっこいのは血のにおいがしないんだ？」

いかにも不思議そうな問いかけは、本人ではなくシュヴァルツに向けたものだ。

一角獣にとっても、ドラゴンは便利な知恵袋であるらしい。

シュヴァルツは、あっさりと応じた。

「フランはまだ幼いが、『ヴァンパイアの王』だからな。人間の血は、エサにならん」

へ、と一角獣が目を丸くする。

それから何度か瞬(まばた)きをすると、改めてフランシェルシアの顔をのぞき込んだ。

再びにおいをかいで、納得したように笑ってうなずく。

「『ヴァンパイアの王』の雛(ひな)なんて、おれもはじめて見たぞ。……こりゃあ、成体になるのが楽しみだな」

にぃ、と好戦的な笑みを浮かべる一角獣に怯(おび)えたフランシェルシアが、ソーマディアスにしがみつく。

その途端、ソーマディアスの顔がだらしなく崩れた。

せっかくの美形面がもったいないので、ぜひともやめていただきたい。ますます危ない幼女趣味に見えてしまうではないか。

しかし、一角獣は少なくともフランシェルシアが成体となるまでは、勝負を申し込むつもりはないらしい。

ほっとしていると、一角獣は軽く腕組みをしてうなずいた。

「なぁ、ちび。おまえ、おれと契約しないか？」

唐突な申し出に、一同揃って目を丸くする。

一角獣は、面白いおもちゃを見つけてわくわくする少年そのものの表情で続けた。

「おまえが『ヴァンパイアの王』なら、いずれ成体したときにはほかの王たちが寄ってくるだろうし。『ヴァンパイアの王』同士の戦いは、おれも何度か見たけどよ。アレ、すっげーゾクゾクすんだよなー。いっぺん、交ざりたいと思ってたんだ。おれを使役獣として使わないか？」

一角獣の発言に、フランシェルシアがぴるぴると震えて涙目になる。

「い、いやです。私は、喧嘩は嫌いです！」

「えー、いーじゃん。おれ、今はこんなナリだけど立派な成体だから！　角が再生したら、各種攻撃魔法もどんとこいだから！」

要するに、今の一角獣は攻撃魔法をろくに使えないらしい。

クリステルは一応用心しつつ、すすっと彼の背後に近づく。

「はぅわっ⁉」

「わたしの前で、フランさまを泣かせるとはいい度胸ではありませんか。一角獣さま」

膝裏に軽く蹴りを入れ、かっくんとさせた。

基本形が馬体の一角獣は、人型バージョンでの膝かっくんに、思いのほか驚いたようだ。

素っ頓狂な声を上げてバランスを崩したあと、顔を赤くしてぎゃあとわめく。

「……っにしやがる⁉」

「フランさまは、我がギーヴェ公爵家でお世話させていただいている、大切なお客さまです。あまり不埒な真似をなさらないでくださいませ」

やはりこの一角獣は、フランシェルシアの教育上、非常によろしくなさそうだ。

クリステルは、冷ややかに告げた。

「そもそも、わたしはあなたをこの屋敷にお招きした覚えはありません。どうぞお引き取りください」

「え、ヤダ」

即答した一角獣に、クリステルは半目になる。

「なんとおっしゃいました？」

「だって、『ヴァンパイアの王』だぜ？　しかも雛！　こんな面白そうなモンがいるのに、なんの刺激もねー牧場に戻るとか、ぜってーヤダね！」

安全第一である王室所有の牧場は、一角獣にとって少々退屈な場所だったらしい。

その気持ちはわからなくもないが、クリステルはそっとウォルターを振り返った。

うなずいたウォルターは、ちらりとシュヴァルツに視線を送る。

シュヴァルツが、小さく息をついて傍観態勢に入った。

それを確かめて、ウォルターは一角獣に言う。

「――一角獣殿。ここは、我々の世界です。あなたがこちらで過ごしている間は、我々のルールに従っていただきたい」

彼の宣言と同時に、クリステルと側近候補たちが一角獣に刃を向ける。

脳筋相手に言うことを聞かせようと思うなら、圧倒的な力を見せつけてねじ伏せるのが一番早い。

至近距離からの包囲網に、一角獣は顔を引きつらせた。

ウォルターが、淡々と続ける。

「あなたの角が再生するまでの間、我々は王室所有の牧場を提供する。我々は、そう約定(じょう)を交わしたはずです。それを反故(ほご)になさるおつもりですか？」

「だって、ヒマなんだよ！　周りにはおれよりトロいやつしかいねーから、勝負してもつまんねぇし！　可愛い女の子もいねーし！」

幻獣である一角獣が、普通の馬に勝負を挑まないでいただきたい。

王室所有の牧場にいるのはどれも素晴らしい名馬だが、その気になれば空を駆けることのできるイキモノと張り合うのは、さすがに無理だ。

なるほど、とうなずいたウォルターはネイトを見た。

主(あるじ)の意図を過(あやま)たず受け取った彼は、すいと武器を収めて一角獣に話しかける。

「一角獣殿。自分はウォルター殿下が麾下(きか)、ネイト・ディケンズと申します。実は一角獣殿の無聊(ぶりょう)をお慰(なぐさ)めするべく、我が家にて手塩にかけて育てた牝馬(ひんば)をご紹介しようと考えていたのですが……」

「え、マジで!?」

一角獣が、目を輝かせて食いついた。

にこりとほほえんだネイトがうなずく。

「はい。近いうちにそちらへ連れていく予定だったのですが、よろしければ一角獣殿が我が家の牧場へいらっしゃいますか？」

「おう！　行く行く！」

すっかりテンションが上がった一角獣は、今すぐ美女のもとへ連れていけという勢いである。

ウォルターの許可を得たネイトが、護衛にロイとハワードを連れて一角獣とともに部屋を出ていった。

なんとも言いがたい空気が残る中、クリステルはじっとりとソーマディアスを睨んだ。

「ソーマディアスさま。フランさまがお困りでしたのよ？　少しはしっかりなさってくださいな」

一角獣が落ちてきたとき、瞬時にフランシェルシアを保護した点は立派だった。

しかし、それ以降は何ひとつ兄らしいことをしなかったソーマディアスは、軽く首を傾げて言った。

「一応、気を遣ったつもりだったんだが」

「は？」

だから、とソーマディアスは続ける。

「ここであの一角獣を潰したら、後始末が大変だろう？」

クリステルは即座に礼を言った。

「お気遣い、ありがとうございます」

ブラコンのヴァンパイアさまは、密かに大層お怒りであったらしい。

それともこれが、幻獣と相対した彼の標準仕様なのだろうか。

シュヴァルツのほうを見ても小さく苦笑しているだけだし、人外である彼らの間では気に入らない相手を潰す、潰されるというのは珍しくない話なのかもしれない。

とりあえず、ソーマディアスが人間の屋敷の中で対幻獣戦を開始するつもりがないとわかっただけ、よしとしておこう。

いくら変身能力を持つ幻獣にとって肉体の損傷はさほど意味がないとはいえ、見知った相手がスプラッタになるところは見たくない。

今後、人外である彼らとの付き合いを重ねていく上で、こんなふうに互いの感覚の違いに戸惑うことは、きっとたくさんあるのだろう。

しかし、自分たちはそんな可能性は承知の上で彼らを招いたのだ。

ならば覚悟を決めて、恙なく異文化交流できるよう努力せねばなるまい。

改めて気合いを入れ直したクリステルは、にこりとシュヴァルツたちにほほえんだ。

「お茶が冷めてしまいましたわね。新しいものをご用意いたしますので、少々お待ちいただけますか？」

シュヴァルツとフランシェルシアが、嬉しそうにうなずく。

美味しいお茶とお菓子は、コミュニケーションを円滑にしてくれる、とっても素敵なアイテムだ。

薫り高い茶葉の入った缶を開きながら、クリステルは誓った。

今はまったく人間の食べ物に興味のなさそうな一角獣とソーマディアスにも、いつか必ず自分の淹れたお茶を「美味しい」と言わせてみせよう。

目指せ、世界平和——などと、分不相応な高望みはしない。

ただほんの少し、自分たちが生きている間くらいは、こうして彼らとともに穏やかで平和な日常を続けていきたいと思う。

何しろ、現在クリステルの身近にいる面々は、揃いも揃って素晴らしい美声の持ち主なのだ。

オタク魂保持者にとっては、まさにこの世の楽園。

(ふ、ふふ……。この幸せを守るためでしたら、わたしはどんな努力も惜しみませんわ)

そして彼らとの友好的な関係を維持することは、この国の平和にも繋がる。

なんという素敵な一石二鳥だろうか。

それもこれも、クリステルがウォルターの——この国の王太子の婚約者であるからだ。

改めて、クリステルはしみじみと思った。
こんな役得があるなら、『婚約破棄系悪役令嬢』も悪くない。

書き下ろし番外編

そのままのきみでいて

美しく晴れ渡った青空の爽やかさが、人々の心を問答無用に朗らかにしてくれそうな、ある日のこと。クリステルは、学園の庭園で放課後のティータイムを楽しむべく、ステファニーとセリーナを誘った。

奥まった静かな一角を目指して歩いていた少女たちは、一際見事な落葉樹のそばに佇む人影を見つけた。そして何気なくそちらに視線を向けた途端、三人は幼い頃から徹底したレディ教育を受けてきた淑女にあるまじきことに——

「……ごふっ」

「ぴぅっ」

「く……うふっ」

——揃って素っ頓狂な大声を上げそうになるのを、両手で口元を押さえることで辛うじて堪える羽目になったのである。

そんな彼女たちに気づき、わずかに首を傾げたのは、クリステルのクラスメイトであるレスター・ヒル。幻獣対策科には珍しい平民出身の学生で、南方の出らしく浅黒く健康的に焼けた肌に少し癖のある黒い髪、ぶっきらぼうな印象の琥珀色の瞳を持っている。

　クリステルは前世の記憶が戻って以来、そんな彼を見るたび『ぱっと見は一匹狼の不良学生なのに、お友達のみなさまからは可愛い末っ子扱いをされているとは……萌えますわね！』と、大変ほっこりした気分になっている。レスターの友人たちが、中庭でうたた寝していた彼の膝に、ねずみ取り用に飼われている猫をどれだけのせられるかに挑戦していたときには、心から仲間に入れてほしいと思ったものだ。

　そんなふうに、かなり好感度が高めだったクラスメイトに対し、クリステルたちが口元を押さえながら震えているのは、ほかでもない。

「ご……ごきげんよう、レスターさま。その、失礼ですけれど……なぜ、そのようなかぶり物を身につけていらっしゃいますの？」

「話すと、長くなるんですが……」

　そう言って再び首を傾げた彼の頭部が、その拍子にぴかりと輝く。クリステルは、己の表情筋と腹筋が限界まで鍛え上げられるのを感じた。

（レスターさまー！　なぜ！　つるっと輝くハゲカツラをかぶっていらっしゃるのです

か⁉　しかも、微妙に肌色が合っていない‼　なんですの、このどうしようもなく出オチ風味満載のコント感は⁉）

そう。放課後になり、シャツの襟元を緩めてジャケットのボタンも外してしまったレスターは、孤高の美青年と言ってもいい容姿の持ち主だ。人には懐かない野生動物のような、凜とした気高ささえ感じさせる。

なのに、そんな彼が現在装備しているのは、非常に粗悪な作りのハゲカツラ。普段のギャップと想定外すぎる衝撃のせいで、クリステルたちの精神はガリガリと削られていた。そんな彼女たちの様子に気づいているのかいないのか、レスターはいつも通りの低く静かな声で言う。

「実は、先月行われた幻獣討伐遠征実習の際、チームを組んだ第二学年の女子生徒に目をつけられてしまいまして。子爵家のご令嬢だということなのですが、彼女から何度もおかしな手紙を送り付けられたり、しつこいつきまといを受けて困っているのです」

クリステルは、ものすごくしょっぱい気分になった。

何しろレスターは、蝶よ花よと育てられた令嬢たちのハートを、一目で撃ち抜いてもおかしくない青年である。今は愉快なハゲカツラだが。

遠征実習でチームを組んだというなら、その女生徒は今まで目にしたことのないタイプの彼の魅力に、さぞ衝撃を受けたことだろう。その衝撃がどういった方向に弾けるかは人それぞれだが、どうやら件の彼女は『激しい一目惚れ』という形で発露したらしい。

ひとつため息を落とし、レスターが続ける。

「ともに危険を乗り越えた相手に、一時的な勘違いで好意を寄せるのは、そう珍しい話でないのはわかっています。ですが、立派な婚約者をお持ちの女性から、人目もはばからずにそういった意思表示をされるのは、ただの恐怖でしかありません」

「ええ。その通りですわね」

相手のハゲカツラ姿から微妙に視線を逸らしながら、クリステルは深くうなずいた。後輩の少女がレスターに恋心を抱く気持ちは、一般論として理解できなくはない。しかし、それを表に出すことが許されるのは、決まった相手がいない者だけだ。

たとえレスターにまったく非がなくとも、彼女の婚約者から「年下の少女を誑かした」と言いがかりをつけられても不思議はない。

「それで、今日の放課後彼女から呼び出しを受けたことを友人たちに相談したところ、こちらのかぶり物を装備していくよう助言されたのです」

(だから！　なぜ、そうなりますの――⁉)

あやうく絶叫しかけたクリステルに、レスターはあくまでも真顔で言った。

「どうにかして、彼女のオレに対する幻想を平和的に打ち砕けないものかと話し合いをしていたとき、目の前に答えがあることに気がついたのです。彼女はいつもカツラを装着していました。それを見るたび、オレたちは目を逸らしたくなる気分になっていたものです。こちらも同じことをすれば、相手に幻滅してもらえるのではないか、と」

クリステルは、すっと真顔になる。

「レスターさま。いくら現在進行形で恐ろしい思いをさせられている相手とはいえ、そういったことを他人の前で口にされるのは、いかがなものかと思いますわ」

他人のカツラ事情を吹聴するのは、クリステルの倫理基準では完全にアウトだ。

「若い女性が――いえ、老若男女問わず、頭髪に関してお悩みを抱いていることをご本人が秘匿されているならば、それを他人が軽々しく口にするべきではありません」

きっぱりと厳しい口調で告げると、レスターは少し考える素振りをしたあと言った。

「頭髪不如意を補うカツラであれば、オレもそのようにいたしますが……。若い女性が装備している目のカツラについても、同じ判断基準が適用されるのですか?」

「……目のカツラ?」

きょとんとしたクリステルに、レスターはあっさりとうなずく。

「はい。あれはとても不自然ですから、装着していることは一目見ればわかります。ならば、ご本人たちも秘匿していつもりではないのではないでしょうか」

その場に、なんとも言い難い沈黙が落ちた。ステファニーがおそるおそる口を開く。

「レスターさま。それはもしや、つけまつげのことをおっしゃっているのでしょうか？」

「つけまつげ？　あぁ、目のカツラだとばかり思っていましたが、あれはそういうものなのですね。教えていただき、ありがとうございます。ステファニーさま」

クリステルは、密かにおののいた。おそらくそれは、親友のふたりも同様だろう。

（懸命なスキンケア・ヘアケアに勤しんできた結果であるこの容姿が、ナチュラル派のみなさまからは『肌色が合っていないカツラレベルに不自然で、目を逸らしたくなるほど見苦しいモノ』と判定されていたら……。うぅっ、想像しただけで心が折れそうです）

レスターに尋ねてみたい気もするけれど、その通りだと言われてしまったら、五日間くらい立ち直ることができなくなりそうだ。やめておこう。

深呼吸をして己を立て直したクリステルは、改めてレスターを見た。

「レスターさま。わたしたちも、ご友人のみなさまと検討された末のご判断を、一概に否定するつもりはありません。ですが、その……お姿でお相手の女生徒と相対されたなら、もしかすると大変な侮辱だと思われてしまうかもしれませんわ」

件の少女が、この一件を傷ついた乙女心のまま騒ぎ立てたなら、それを収束するのはものすごく大変なことになりそうだ。面倒ごとのフラグを感じまくった彼女は、少し高い位置にあるレスターの瞳をひたと見据えた。生真面目な彼の表情と愉快なハゲカツラのせいで笑い出しそうになってしまうが、根性で堪えて先を続ける。

「ですから、まずは正攻法で、スッパリとお相手の気持ちをお断りしてはいただけませんか？　それでもなお、あちらがあなたにご迷惑をかけ続けるようでしたら、わたしのほうから厳重注意をさせていただきます」

　レスターが、困ったように眉を下げて言う。

「お言葉ですが、クリステルさま。あちらはこの一ヶ月あまり、隙あらばこちらに接触しようと突撃を繰り返している、迷惑極まりないイノシシのような少女です。そんな彼女が、それほど穏当な手段であきらめてくれると思いますか？」

「……イノシシですか」

　思わず復唱したクリステルに、彼は真顔でうなずいた。

「オレたちの中で、アレは繁殖期の雄イノシシです」

「雄……ですか」

　生き物の多くは、繁殖期に入ると雄が雌を巡って熾烈な戦いを繰り広げる。雌はより強く繁殖に適した雄を選ぶだけで、自ら戦うことは稀だ。つまり、レスターを思慕している少女は、繁殖期に入った野生動物の雄並みに、手に負えない状態にあるらしい。

「それにしては、今までそういった噂を少しも耳にしたことがないのですけれど……」

「まぁ、そうでしょうね。彼女が本性を曝け出すのは、周りに貴族階級の生徒がいないときに限りますから」

どうやらその女生徒は、思い人から雄イノシシ呼ばわりされていても、貴族としての最終ラインを守るための理性だけは、辛うじて保っているようだ。

そこでレスターが、何かを思い出したかのように瞬きをする。

「ところで、みなさま。そろそろ、彼女が指定した時間なのですが――」

その瞬間、クリステルは目にも留まらぬ速さでレスターの頭部から愉快なハゲカツラを引っぺがした。次いでステファニーが、ぺったりとしてしまった彼の髪を常に携帯している櫛で素早くとかす。仕上げに、セリーナが少し長めの襟足をひとつにくくれば、普段とは少々イメージが違うとはいえ、彼の髪型は最低限見苦しくはない程度に復活した。

この間、十秒足らず。

三人娘の早業にレスターが唖然とした顔になったとき、新たに近づいてくる気配があった。クリステルたちが何事もなかった顔で彼と談笑するポジションを取るのとほぼ同時に、小さく息を呑む音がする。振り返ると、そこにいたのは――
すわね）

（……なるほど。これはたしかに、もう少しお化粧のお勉強をされたほうがよろしいで

厚すぎる化粧とにおいのきつすぎる香水のせいで、十代の持つ若さの魅力を完全に殺してしまっている少女であった。これはたしかに、ナチュラル派の人間ではなくとも違和感がひどすぎる。ファンデーションの色も合っていないようで、顔と首の色がまるで違ってしまっているし、長さを計ってみたくなるほどボリュームたっぷりのまつげは、あからさまな人工物。脳裏に一瞬、前世の記憶にある女性団員のみで構成されている耽美劇団が浮かんだが、クリステルは少女に向けてほほえんだ。

「ごきげんよう。今日はとてもいいお天気ですわね、ハンフリー子爵令嬢」

「ご……ごきげんよう……」

ひどく引きつった声が返ってくる。レスターが、驚いた様子でクリステルを見た。

「クリステルさま。彼女のことを、ご存じなのですか？」

「ええ、もちろん。この学園に在籍している生徒たちの基礎情報でしたら、すべて記憶しております」

はぁ、とレスターが声をこぼす。クリステルは、再び少女を見た。

「レスターさまに、何かご用がおありなのかしら？」

厚化粧のせいで顔色はよくわからないけれど、少女の表情があからさまに引きつる。

そこで、ステファニーが鈴を転がすような声で言う。

「ねぇ、ハンフリー子爵令嬢。最近この学園内に、婚約者のある身でありながら、別の男性に言い寄る恥知らずな女生徒がいらっしゃるのですって。噂によると、あなたと同じ第二学年らしいのですけれど……。何かご存じでいらっしゃいます？」

「い……え……っ」

少女の膝が、ガクガクと震え出す。そんな彼女に、セリーナがおっとりとした口調で告げた。

「もしそのような愚劣極まりない方を見つけられたなら、すぐに教えてくださいませ。けれど、もしその方とあなたが親しい間柄でいらしたなら、わたくしたちに知らせるのは苦痛でしょう。そのときにはどうしていただきましょうか？　クリステルさま」

「そうですわねぇ……」

セリーナの問いかけに、クリステルはどこまでもにこやかに笑って応じる。そして、穏やかにほほえんだまま少女を見た。

「そのときは、こうお伝えくださいな。――貴族の婚約は、陛下のご裁可により成立するもの。王家に二心(ふたごころ)ありと断じられたくなければ、正当な手続きにより婚約を解消してからになさいませ、と」

「……っ」

完全に言葉をなくした少女は、今にも気絶しそうなありさまだ。

「それでは、わたしたちはここで。レスターさま、よかったら少しご一緒いたしませんか？　あなたの故郷でいらっしゃる南方の様子について、一度ゆっくりお話をうかがいたいと思っておりましたの」

「え……あぁ、はい。オレでよければ、喜んで」

ひとり震える少女をその場に残し、緑の壁に囲まれた四阿(あずまや)に移動したところで、クリステルは隠し持っていたハゲカツラを持ち主に返した。

「突然のご無礼、申し訳ありません。レスターさま」

「あ……いや、こちらこそ、なんだかすみません。ええと……あのバカイノシシ……じゃない、鬱陶(うっとう)しいにもほどがあるクソガキ……でもない、その、彼女があんなにおとなしく引き下がったのが意外すぎて……」

どうやら彼は、本当に驚いているらしい。本音がかなりダダ漏れになっている。

クリステルは、小さく苦笑した。

「彼女のあなたに対する態度は、平民出身であるあなたが自分に逆らうわけがないという、傲慢な心得違いによるものです。ああいった手合いは、自分より身分が上の者に対しては、あのように何ひとつできなくなるものなのですわ」

だからこそ彼女は、自分たちがレスターの側に立つと明確に示すことで、あれ以上の狼藉を牽制したのだ。

なるほど、とうなずいたレスターが、指先でハゲカツラを回しながら言う。

「それじゃあ、クリステルさま。もしまたアレが突撃してくるようなことがあったら、ウォルターさまにご相談させていただいてもよろしいでしょうか？」

告げられた言葉に、クリステルは驚いた。そして、心からの笑みとともにうなずく。

「ぜひ、そうしてくださいな。せっかくご縁があって、同じクラスで学んでいるのですもの。おふたりがより親しくなっていただけたなら、わたしもとても嬉しいです」

より多くの価値観を知ることは、いずれ人の上に立つ者にとって貴重な経験だ。レスターとの交流を深めることは、いずれこの国の王となる彼にとって、得がたい宝物になるだろう。

そこまで考えたクリステルは、ふと不安になってレスターを見た。

「ただ、レスターさま。そういった特殊な装備品を使用した捨て身の戦法については、ウォルターさまにご教授いただかないでくださるとありがたいですわ」

たとえどれほど有効だと思われる手段であっても、将来自分たちが君主と仰ぐべき婚約者が、愉快(ゆかい)なハゲカツラで笑いを取りにいく場面は、あまり見たくないのである。

RC
Regina COMICS
大好評発売中!!
おとぎ話は終わらない
1
アルファポリスWebサイトにて
好評連載中!
原作 Tohno 灯乃
漫画 Haru Onodera 小野寺晴
待望のコミカライズ!
とある皇国の田舎町で育った少女・ヴィクトリア。母を亡くして天涯孤独になった彼女は、仕事を求めて皇都にやってきた。そこで、学費も生活費もタダな魔術学校“楽園”の話を耳にし、入学を決意する。だけどその学校は、どうやら男子生徒しかいないようで――!?
学費タダ・3食・おこづかい付につられて
男子しかいない
魔術学校に入学!?
アルファポリス 漫画
検索
B6判／定価：本体680円＋税
ISBN:978-4-434-23964-9

RC
Regina COMICS
令嬢はまったりをご所望。
1
原作 三月べに
漫画 梶山ミカ
アルファポリスWebサイトにて
好評連載中!
令嬢はまったりをご所望。
1
三月べに
梶山ミカ
婚約破棄されたので
悪役令嬢を卒業してカフェはじめました。
待望のコミカライズ!
過労により命を落とし、とある小説の世界に悪役令嬢として転生してしまったローニャ。彼女は自分が婚約破棄され、表舞台から追放される運命にあることを知っている。
だけど、今世でこそ、平和にゆっくり過ごしたい! そう願ったローニャは、小説通り追放されたあと、ロトと呼ばれるちび妖精達の力を借りて田舎街に喫茶店をオープン。すると個性的な獣人達が次々やってきて——?
B6判・定価:本体680円+税　ISBN:978-4-434-26756-7
大好評発売中!
アルファポリス 漫画
検索

本書は、2016年5月当社より単行本として刊行されたものに書き下ろしを加えて文庫化したものです。


この作品に対する皆様のご意見・ご感想をお待ちしております。

おハガキ・お手紙は以下の宛先にお送りください。

【宛先】

〒150-6008 東京都渋谷区恵比寿4-20-3 恵比寿ガーデンプレイスタワー8F
（株）アルファポリス　書籍感想係

メールフォームでのご意見・ご感想は右のQRコードから、
あるいは以下のワードで検索をかけてください。

ご感想はこちらから

RB

レジーナ文庫

婚約破棄系悪役令嬢に転生したので、保身に走りました。1

灯乃

2020年2月20日初版発行

文庫編集－斧木悠子・宮田可南子
編集長－太田鉄平
発行者－梶本雄介
発行所－株式会社アルファポリス
〒150-6008 東京都渋谷区恵比寿4-20-3 恵比寿ガーデンプレイスタワー8階
TEL 03-6277-1601（営業）　03-6277-1602（編集）
URL https://www.alphapolis.co.jp/
発売元－株式会社星雲社（共同出版社・流通責任出版社）
〒112-0005 東京都文京区水道1-3-30
TEL 03-3868-3275
装丁・本文イラスト－mepo
装丁デザイン－ansyyqdesign
印刷－中央精版印刷株式会社

価格はカバーに表示されてあります。

落丁乱丁の場合はアルファポリスまでご連絡ください。

送料は小社負担でお取り替えします。


ISBN978-4-434-26907-3 C0193